歡然奔路

——大邱文集——

自序

小時候天真的以為人生就是一條直路到底——求學、工作、結婚、生子、退休和養老，無論如何每個人都能按步就班的走完一生。然而現實生活並非如此，明明看似一條直路，其實暗藏著許多意想不到的岔路，既有「山重水複疑無路」的時候，也有「柳暗花明又一村」的時候。

求學時渾渾噩噩度日，從未想過將來要學什麼做什麼，雖然自小喜愛文學，但在重理輕文的年代，從來不敢說自己想走文學之路，而是隨從父母的意思彎進了商學院這條岔路。

不喜歡會計的錙銖必較，我選讀了一知半解的統計，在求職路上直撞得頭破血流，才發現此路不通。七彎八繞之後摸進了程式設計之路，由於隔行如隔山，一路上看不到鮮花遍地，唯見荊棘滿途。

男大當婚，女大當嫁的留學生婚姻，原就缺乏年少輕狂的浪漫激情，在生活重壓下的婚姻之路坎坷難行。養兒育女已是行在高山險徑，再加上雙方父母年老失智和常年多病，更感前無出路，後無退路。迷茫中，以為自行創業可以另闢人生蹊徑，誰知硬生生將自己逼上了懸崖絕壁。

絕境掙扎未已，不料二姊夫英年早逝，父親未足壽數病歿，大姊夫壯年癌故，短短四年之間，宛如山崩地裂，造成無以跨越的生死鴻溝，面對一門孤寡，真是教人情何以堪。

輾轉回到了程式設計舊路，非但荊棘未除，更添裁員風暴，幾番負隅前行，還是被金融風暴擊倒路旁。萬念俱灰下誤蹈寫作小徑，意外發現這曲徑可以通幽，所有的野草閒花皆能化為文字，筆墨留香，這錯過了的岔路，竟是這般風光旖旎，讓我留連不去。

退休後告別冰天雪地的密西根州，搬到陽光燦爛的北加州，頓覺海闊天空，一掃往日陰霾。含頤弄孫之餘，走遍門前青山，觀盡灣區海景。再不用為生活奔走於途，而是悠哉游哉的在文字路上漫步，沿途欣賞前人栽種的繁花美果，亦不忘一路殷勤撒種，不期日後能夠開花結果，只求眼前能享耕耘之樂。

縱觀人之一生，唯「情」一以貫之，在如詩的「閒情」中得到釋放，在如謎的「世情」中找到自我，在如畫的「風情」中看到美好，在如海的「親情」中受到安慰。

然而眼下父母已安息，手足已分散，兒女已離巢，唯有配偶一直守在身邊。尤其這兩年來新冠病毒肆虐全球，可說是人人自危，草木皆兵，萬幸未受病毒感染卻兩度遭逢意外，安然行經死蔭幽谷之後，更感生之短暫和可貴，而我何其有幸能得一人「執子之手，與子偕老」，夫妻真情實乃情中之重也。

剩下的人生路程或長或短，或高或低，或難或易，或曲或直，我雖無法預知，但我深信只要主愛不離，先生不棄，自能歡然奔路。

二〇二二年一月十九日寫於加州康科德市

目次

自序　3

閒情如詩　7

燃燒的向日葵　8
旅途遇見樹　14
到頭誰似一盆蘭　19
《聖經》三樹　21
梨花白芥花黃　27
走入青山　31
野地中的曼陀羅　37
千里尋蝶　42
浮光躍金白楊路　47
安能辨我是雌雄　52
繁花開遍半月灣　58
豔麗頑強的紅皮樹　63
粉紅情人角　68
漫步薰衣草紫海　73
照影寫閒情　78

世情如謎　83

買房如相親　84
野火燒到家門口　88
和動物打交道　91
遇見天使　96
創業生涯原是夢　102
橘花香滿徑　107
成為更好的你　113
仙女沒洗手　118

風情如畫 125

走訪阿里山 126
女王頭別來無恙否 130
古蹟層疊的北以色列 135
登上馬薩達 144
穿越約旦千年古文明 151
秋入大煙山 158
沙加緬度懷舊之行 165
金山彩磁梯訪勝 170
火焰谷烈焰騰空 174
巨木參天的紅杉國家公園 178
壯闊溫柔的國王峽谷 183
哥倫比亞河峽谷 189
奧勒岡三大奇景 193
北桌山美如蜀錦 198

親情如海 205

母親的盤扣 206
逝去的年味 210
棗紅毛衣 214
戀戀魯冰花 218
人要衣裝 224
金魚死了 228
男大不婚 231
疊被鋪床 235
魔鬼山遇險 239

閒情如詩

燃燒的向日葵

提起向日葵便不能不想起梵谷的向日葵畫作，我不是梵谷迷更不懂藝術，從未看過他的真跡或仿作，只是從各種傳媒中得識他的巔峰之作《花瓶裡的十五朵向日葵》，對之印象深刻亦間接影響了我對向日葵的觀感。

菊科向日葵又名朝陽花、向陽花，因它會隨著太陽轉動而得名。它是一種大型一年生的草本植物，分觀賞和食用兩大類，觀賞植株較矮小，高不及二呎；食用植株較高大，可達六呎餘。早在三千至五千年前美洲原住民即發現向日葵的種子具有食用性。十六世紀初被引入歐洲並傳至俄羅斯，俄羅斯發展出的油籽種植工藝於二十世紀中葉引入北美，開啟了美國向日葵生產和育種的商機。

不管在炎熱的台灣或寒冷的密州，我只見過極少數的觀賞向日葵也沒見過它隨著太陽轉動。搬到加州後得知加州盛產向日葵但不知產地何在，直到日前和友人聊起向日葵，這才知道美國葵花子占世界葵花子供應量的四分之一，而加州占了百分之九十五，其主要產地集中於沙加緬度山谷（Sacramento Valley）中的優洛郡（Yolo County），占地約五萬英畝，所產的雜交葵花子約有百分之九十五被運往世界各地以供種植或榨油。

優洛郡位於加州首府沙加緬度附近，距離我們所住的東灣約一小時車程。由八十號公路轉五〇五號公路北上即進入了一馬平川的優洛郡，公路兩旁多是果園和農場，黃澄澄的葵花田極易辨認，不過大多數葵花田皆不在大馬路旁，而是深藏在鄉村小路邊。「私人產業，不得擅入」的牌子到處可見，周圍雖無護欄或鐵絲網籬，但多掘有灌溉溝渠，土地泥濘，有的還很寬深難以跨越雷池一步。好在馬路呈棋盤形，我們橫直亂開還是看到了不少葵花田，也能停在路邊拍照。

第一次看見一望無際的金黃葵花田，感覺非常震撼，彷彿有無數的小太陽面對著你放送光與熱，既有交響樂的雄壯激昂，又有拉丁舞曲的熱情奔放。張張笑臉上神情各異，卻都透露著光明和希望，毫無疑問它肯定是笑臉圖案（Smiling Face）的原創者。六月下旬正是晝長夜短，下午五點多太陽仍高，不過已然偏西，奇怪的是馬路兩邊的向日葵並非如傳說中的隨著太陽向西，反而是一律臉朝東。

有關向日葵的傳說很多，無外乎是一個淒美的愛情故事。從前有一位美麗女子痴戀太陽神阿波羅，卻得不到他的愛情，終日仰望太陽，相思成疾，最終化為一朵黃金大花，永遠追隨著太陽轉動。

向日葵的向陽性當然無關愛情故事，它的奧祕在於花盤下面的莖部含有一種畏光的生長素，莖部背光那面的生長速度快過向光那面，使得莖端產生向光性彎曲，花盤因之抬起頭來，面向著太陽。不過花盤和太陽並非是同步運轉而是落後大約十二度，即四十八分鐘。清晨面向東方，然後隨著太陽逐漸向西轉動，到了晚上又自動往東轉回，準備迎接次晨的日出，好及時進行新一天的光合作用。然而花盤一旦盛開後，因結子重量增加和地心引力的作用，就不再隨著太陽轉動，而是固定朝向東方了。

為了觀察向日葵的向陽性，我們特別在不同時段拜訪了不同的葵花田。早晨的向日葵果然是面向東方，大多垂頭喪氣好像宿醉未醒，有的即使頭抬得略為高些也是睡眼惺忪不知東方之既白。當然其中也有抬頭挺胸的乖乖牌，東張西望的調皮鬼和高人一頭的佼佼者，但聲勢都不及沉默的大多數浩大。

日正當中的向日葵並非如我想像中的仰頭面對著太陽，仍是面朝東方只是仰角略微不同而已。到了下午或黃昏時頭抬得更高些，幾乎可以和我平視，得以從容觀賞這朵朵笑臉。路邊均置有許多蜂箱，葵花田裡群蜂亂舞，幾乎每朵花上都有蜜蜂在忙著採蜜。若說花盤如臉，因著花兒成熟度的不同和蜜蜂的畫龍點睛，不難發現眉開眼笑、愁眉苦臉、陰陽怪氣、嘻皮笑臉等各色臉譜。「笑鐵面」和「陰陽臉」皆不足為奇，那唯妙唯肖的「哭鐵面」才真是令人為之絕倒。

一直以為向日葵就是一朵單調的大花，沒有什麼看頭，實則不然。它是頭狀花序，生長在莖的頂端，俗稱花盤，有凸起、平展和凹下三種類型。大而圓的花盤上，生有舌狀和管狀兩種花。一至三層的舌狀花長在花盤外圍，為無性花不會結實。它的顏色和大小因品種而異，有橙黃、淡黃和紫紅色，具有引誘昆蟲前來採蜜授粉的作用。管狀花位於舌狀花內側，可以結實，有黃、褐、暗紫等色。

細看這個大花盤，上面生著無數的五瓣管狀小花，看似雜亂無章，其實花朵從圓心往外的螺旋形排列是經過精心設計的，為了能在同等面積下容納更多的種子（即俗稱的葵花子），它是以斐波那契序列（Fibonacci sequence）排列的，即其中每個數字都是從零和一開始的前兩個數字之和。由序列的頭幾個數字一、一、二、三、五、八、十三、二十一、三十四便能看出數字增長的快速。

加州廣植的品種是「陽光明亮」（Sungold），它有著金黃色的舌狀花，黃褐色的凸起花盤和直立堅實的桿。通常在同一葵花田中交替種植六行雌株和兩行雄株。開著單朵大花的是雌株，矮小多花的是雄株，蜜蜂透過異花授粉使得雌花產生出雜交葵花子。雌株因有向陽性，只有朝東一面金黃，餘皆碧綠。雄株花多雜亂看不出是否有向陽性，但見一片黃亮。難怪有些葵花田，看起來是道道黃綠經渭分明的。

雌株的花盤很大，直徑約五至八吋，心形葉片亦不遑多讓，將桿身密密包裹，單看一株，婷婷玉立如身披綠斗篷的金髮美女。再看雌雄交錯的整片花田，彷彿大隊頭戴圓帽身披斗篷的婦女，正攜兒帶女向著東方低頭前行。雄株花盤和個頭都較雌株嬌小許多，但花色鮮豔如熊熊烈焰，足以招蜂引蝶。

日落時的葵花田，又是另一番風貌。由於遠山低平緩和，似乎與地平線相差無幾，覺得太陽並非是緩慢下沉，而是突然墜落，在這極短的瞬間天空由藍變紅轉橙，最後泛出的檸檬黃，竟與梵谷畫作中的背景黃有著驚人的相似度，但痴念東方的花朵卻是溫柔的，不像梵谷畫中的向日葵，稜角分明，似火燃燒，卻不知燃燒的是他對高更的瘋狂熱情，還是他心中的憤怒不安。

七月中旬，舌狀花多已凋謝，雌花開始結實，雄花功成身退全被鏟除乾淨。雌花金髮不再，綠萼覆頂，原來黃澄澄的葵花田，現在看似綠油油的菜園。花盤因結子重量增加，連粗約吋半的花莖亦不勝負荷，個個低眉斂首做沉思狀，真的是從此面朝東方，不再隨著太陽擺動。

原本黃褐色的圓凸花盤，漸次暴露出裡面帶有黑灰條紋的油用型種子，較平常食用的葵花子來得實小皮薄和油多。這從金髮美女蛻變成漂亮黑妞的過程，充滿了造物主的創造智慧，更飽含著人生哲理。

向日葵終其一生懷抱熱情，追求理想，不氣餒不沮喪的堅持到底，即使結實纍纍，還是虛懷若谷。燃燒自己，發光發熱，不是為了炫耀自己，而是為了造福他人。

（二〇二一年九月十日，發表於《世界日報》副刊）

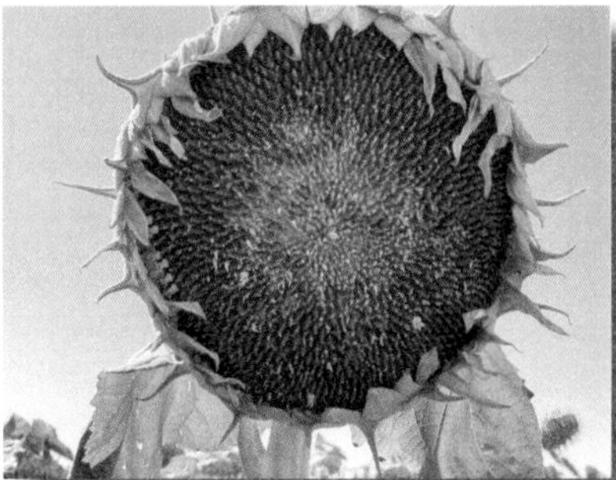

1.日落時的葵花田
2.排列有序的雌性管狀花
3.花謝結子

旅途遇見樹

每次出門旅遊，不論遠近，心情都特別地興奮，因為旅途中往往會遇到一些新鮮有趣的事物，然而最讓我過目難忘的不是美麗風景，而是在旅途中邂逅的一些樹。

住在密西根時曾至俄亥俄州州立瓶子山公園遊覽，公園以岩洞、瀑布、峽谷和茂盛的森林為其特色。巨大的岩石和懸崖峭壁隨處可見，而且其上多覆有植被。其中最負盛名的景點是老人岩洞（Old Man's Cave）。

相傳在十八世紀時，一位名叫雷茲勒（Retzler）的老人和一條狗，隱居於峽谷的凹洞內一直到死。多年來傳說有許多獵人和漁民在拂曉時分看到過他的白色身影，甚至直到今日仍有人聲稱看到他帶著狗消失在岩洞附近。

我們去時已近中午，人潮不斷，岩洞狹窄低矮難行，沒有看到老人白色身影，倒是在附近看到一棵引人側目的樺樹。它獨立於一塊岩石頂上，大可像周遭眾樹般直立生長，它卻偏不按牌理出牌，才一站穩腳跟即九十度轉折隱入樹叢，寧可在別人夾縫中掙扎求生存，也不願在人前露臉。是受制於地理環境還是被風雪脅迫？是名士派頭抑或隱士作風？這樣標新立異的生存邏輯與獨居岩洞的老人一樣令人費解。

加州一號公路以雄奇的山海美景聞名於世，公路長達六百餘哩，縱貫南北加州，沿途景點頗多，但因十七哩路（17-Mile Drive）經常入鏡好萊塢電影廣為人知且離我們家較近，更是親友來訪時必遊之地，去的機會自然多些。

十七哩路有漂亮的沙灘、海岸線、高爾夫球場，可賞鳥、看海豹和觀日落，出乎意料它的代表標誌卻是一棵孤立柏樹（The Lone Cypress）。兩百五十餘年來它獨自面對茫茫大海，挺立在一塊伸入海中的岩石基座上，無論日出日落，潮來潮往，始終昂首佇立不曾向風雨低頭。它的挺直不屈像一位捍衛疆土的戰士，能夠堅守到地老天荒；它的翠綠蒼勁似望夫早歸的少婦，可以苦等至海枯石爛。

位於佩斯卡德羅角的另一棵柏樹（Ghost Trees at Pescadero Point）卻有著截然不同的命運。它所在的崖邊常遭巨浪衝擊，冬日浪高甚至可達五十呎。長期和風浪搏鬥的結果，樹身扭曲虯結痛苦不堪，枝葉散漫無章，不是常見的雲片狀。最詭異的是一半樹身被陽光漂白成了白色，大大有違松柏常青的天律，活像一張戲劇中的陰陽臉對著人群獰笑，再想像月黑風高時樹搖影曳的景象，著實嚇人，稱之鬼樹還真是名符其實。

紅杉與紅木均為加州珍貴林產，位於加州中部的紅杉國家公園為紅杉主要產地，園內參天巨木比比皆是，動輒百歲千歲，巍爾壯觀難分軒輊。現今世上最大活樹謝爾曼將軍樹即位於園內，樹高兩百七十五呎，周長一百零二點六呎，高齡兩千兩百歲仍然活得粗壯挺直，且其噸位及涵蓋面積均無出其右者，不知是否意味著它和這位在南北戰爭時蕩平亞特蘭大的北軍名將般勇猛狠？

漫步園內觸目所及皆是大樹，只是沒有謝爾曼將軍樹的響亮名氣，不過看多了大樹不再稀奇，反而被其中一棵無名紅杉吸引。它無巧不巧生在一塊大岩石的旁邊，它既惹不起也躲不掉這塊岩石，索性大張口狠狠咬住了岩石，借之使力往上猛竄，像極了那些為求生存而勇往直前的人，硬是能將原本擋路的岩石變成了向上爬的墊腳石。

紅木較紅杉高瘦但不及它皮厚結實，二者外形相似不易分辨。多年前初訪舊金山時，特別驅車前往州立阿姆斯壯紅木自然保護區觀賞紅木。區內林木挺直高聳，綠蔭遮天蔽日，頗為符合想像中的森林景象。阿姆斯壯上校樹是區內最古老的一棵樹，樹齡一千四百歲遠較謝爾曼將軍樹年輕，卻高出它二十餘呎，為的是紀念伐木業者詹姆士·阿姆斯壯在一八七〇年選擇保留這片林地，後人才得以窺見天然紅木林之美。

區內最高的樹是瓊斯牧師樹，高三百一十呎，比足球場的長度還要長。瓊斯是位傳道人，一生四處奔走傳道，曾為阿姆斯壯的鄰居和家庭好友，喪偶退休後娶了阿姆斯壯的長女麗琦（Lizzie）為妻，她繼承產業後為紀念瓊斯四十年的事奉生涯，遂將這棵最高的樹命名為瓊斯牧師樹，真是樹如其人，仰之彌高。

除了紅木與紅杉外加州亦多美國梧桐（Sycamore），葉大似楓葉，耐旱易生長，樹幹高大枝葉茂盛，頗具遮蔭功效。直到見到沙加緬度老城內歷史博物館前的那兩棵時，耳目才為之一新。冬末春初，新葉尚未長出，枝幹曲線畢露，遠看樹姿，像是高舉雙臂向天祈禱的少女，肅穆虔誠。近看樹身，不是常見的斑駁褐色樹皮，而滿是色彩斑斕的拚圖花紋，恍如一條扭動的花花巨蟒，我想這大概就是所謂的「天使面孔，魔鬼身材」吧！

此外大多數人家亦種有無花果樹，葉大蔭廣，一年結果兩次，果實色紫味甜，但和我在中東旅遊途中見到的野生無花果樹不盡相同。

約旦佩特拉（Petra）古城是世界七大奇景之一，蜿蜒狹窄的蛇道是進城的唯一道路，路邊皆是沙土岩石，幾乎是寸草不生，當大夥急於奔往卡茲尼神殿（Al Khazna）時，出其不意有一棵樹橫跨懸崖，出現在我們頭上，立刻吸引了我的視線。

這是一棵野生無花果樹，它不知如何從岩石底部隙縫中鑽了出來，自知上有高聳岩壁難以出頭，乾脆折節彎腰橫向路面生長。時值初春，細嫩枝條上不僅長滿翠綠新葉，還結滿了藍莓般的小果子。它那委曲求全的姿態，使我想到了母親，不管環境如何艱困惡劣都能逆來順受，只為一心呵護著子女。

然而最讓我感動的則是在以色列耶利哥城看到的那棵「撒該桑樹」。它屬於桑科，葉呈心形似桑葉，果實像無花果但較細小，樹可高達二十呎，枝幹分杈多且離地不高，易於攀爬。

撒該是何許人也？根據路加福音的記載他是個替羅馬政府徵稅的稅吏長，可利用職權從中牟利，素為猶太人所厭惡視同罪人、娼妓一類，社會地位低下。一天耶穌經過耶利哥，撒該混在人群之中想要看耶穌，無奈身材矮小看不見，於是爬到一棵桑樹上去看耶穌，沒想到耶穌竟然抬頭看他並說今天要住到他家去。他不但歡歡喜喜地接待了耶穌，還願將所有的一半分給窮人，若訛詐了誰就還他四倍。

由此可清楚看出耶穌對罪人的包容關愛和撒該的勇於認罪悔改，然而桑樹雖可長命百歲或更久，但絕無法存活兩千年，只因慕名來訪者眾多，才將原址附近的一棵桑樹圈起供人憑弔，也因而成就了撒該桑樹這段千古佳話。但願人人都能像撒該般有勇氣攀上高枝，不僅看見希望且能抓住機會，進而悔改重生。

（二〇二〇年四月二十四日，發表於《世界日報》華章）

到頭誰似一盆蘭

木蘭科的洋玉蘭原產於北美洲南部，是耐旱的常綠喬木，樹身高大多在十至二十呎之間，最高可達百呎，在美國南部數州經常被選作行道樹或庭院觀賞植物，因此也被稱為南方木蘭。

長橢圓形的葉片為單葉互生，枝繁葉茂，覆蔭甚廣。葉片顏色墨綠油亮好像打了一層蠟，枯乾後色如鏽鐵，亦如鏽鐵般擲地有聲。半呎寬的白色花朵十分碩大，正符合其品種名*Grandiflora*（即大花之意），亦因其花大如荷別稱荷花玉蘭。

陽春三月即可看到白玉酒杯般的花苞豎立枝頭，但它不似梨樹一夜之間便能「千樹萬樹梨花開」，而是三三兩兩隨興綻放的，層層花瓣輕啟亦如荷花初綻，清韻無窮。

由於樹高只能仰望而無法低視，它盛開的容顏難得一見，越發顯得高潔不同流俗。夏日炎炎每當舉頭仰視，似朵朵白荷漂浮在如水的藍天之上，頓覺身心清涼，雜念盡消。

這花就這樣時開時謝的由春而夏至秋，彷彿從未盛開過亦從未凋謝過，到了秋天竟然還能結實纍纍，果實狀似釋迦，色如荔枝，掛在枝頭隱於綠葉之中，若不注意細看很容易便被忽視了。

我之所以會注意到它的存在，全拜它紅豔豔的種子所賜。去秋經常在住家附近的一條大街散步，街道兩旁滿植洋玉蘭，一日忽然看到一棵樹上有著點點豔紅，以為看花了眼，明明是黃色的花心怎會在花謝之後變成了紅色？由於樹高看不分明，更讓人猜疑不定。

盼到今春，一路留心著它的打苞、開花和結實，終於看到果實上密佈的花瓣似的囊狀物，一瓣瓣迸裂開來，露出裡頭一粒粒的種子，無論大小、形狀和顏色均神似枸杞子。一個果實如一串瑪瑙珠飾在陽光下閃耀著迷人的珠光寶氣，然而它並不眷戀這份居高臨下的尊榮，情願一粒粒甚或整顆果實的墜落塵土，期於明春化作新綠，奈何灣區寸土寸金難遂其願，結果多半是「零落成泥輾作塵」。

有份文獻形容洋玉蘭：「久遠如帝王的夢，莊嚴如佛前的荷，清香如初綻玉蘭」。它的花期長、花容聖潔確是有目共睹，只是這花香卻不曾識得。或許是樹身高大而花香幽微，那若有若無的花香只合有緣人才能心領神會？

看了洋玉蘭的一生，倒讓我想起一個人來——《紅樓夢》裡的李紈。她青年守寡，一心守著獨生兒子蘭哥兒過日子，清心寡慾不與人爭，在誰眼中都是「三從四德」的好典範。這樣一位封建社會的貞節媳婦，在好兄弟寶玉大婚之日卻因孀居不祥只能迴避，亦因此意外為林妹妹送了終。

日後蘭哥兒不負所望中了舉，表面看似風光，其實這鳳冠霞帔的背後不知隱藏著多少的心酸寂寞？這洋玉蘭固然冰清玉潔，但只能遠觀不能近賞，更無法瓶插供養，免了被俗人打擾亦少了知音，真箇是「桃李春風結子完，到頭誰似一盆蘭」！

（二〇一八年一月十八日，發表於《中華日報》副刊）

《聖經》三樹

俗話說「一方土養一方人」，其實植物又何嘗不是如此？《聖經》中提到的植物不少，黎巴嫩香柏木及以色列入日常生活中的三大必需品——無花果、葡萄和橄欖，在《聖經》中更是多次多處提及，但在我所居住的密西根除了葡萄外，其餘的通通沒有見過，及至搬到加州後，才發現這些熱帶植物幾乎無所不在，而且和我的想像大不相同。

橄欖樹

兒時在台喜歡吃橄欖，但只喜歡那種暗紅色的辣橄欖，油亮多汁比乾巴巴的黃橄欖來得好吃又好看，咬在嘴裡酸甜帶辣回味無窮，不似橄欖乾滋味單調且無嚼勁。雖然橄欖吃得多卻從未見過橄欖樹和生橄欖，更從未聽說過橄欖油，一直以為橄欖天生就是作零嘴的料。

當三毛作詞的〈橄欖樹〉紅透半邊天時，我正在太平洋彼岸為生活掙扎不已，很久以後才聽到這首歌，雖覺詞曲優美但無從領會流浪的浪漫情懷，在天寒地凍的密西根也看不到橄欖樹，即連橄欖油也是後來隨兒女吃西餐才認識的。

創世記裡記載耶和華曾以洪水泛濫大地四十晝夜以除滅世界，只有諾亞一家八口在方舟內得以存活。洪水消落之後，諾亞曾先後放出烏鴉和鴿子去看水從地上退了沒有，直到第二次放出的鴿子於當晚叼回一枝新擰的橄欖葉子才確定地上的水退了，從此口銜橄欖葉的鴿子成了和平的象徵。

橄欖樹是長青樹，根部縱橫交錯可深達地底二十呎，能汲取地下水分抗旱，生命力極為強韌，即連大洪水亦未曾消滅它。在中東一帶無論山坡沙地皆能生長，木質堅硬，所羅門王即用其雕刻至聖所內的基路伯及製作聖殿的門框、門楣和門扇。

初結的果子為青綠色，成熟後轉為黑色，二者皆可生食和榨油。橄欖油不單可供食用、照明、塗抹傷口還大量用於分別為聖的宗教儀式，可說和以色列人的日常生活息息相關，如果橄欖樹歉收，是會成為災難的。

《聖經》中的橄欖樹也象徵著「受膏者」、「君王」和「義人」，於是橄欖樹在我心中是枝繁葉茂的大樹，十分榮美，及至在加州街頭見了面不禁大失所望。葉片狹長細小覆蔭不廣，枝條散漫樹形不佳，樹幹扭曲縱裂，根部粗糙多瘤，樹上也沒有結實纍纍，只是葉片顏色不似所謂的橄欖綠那樣暗沉。

在加州過了三個春天不曾見過它的花，倒是地上落果終年不斷，無論顏色形狀大小皆如藍莓，飛鳥不食，行人踐踏，留下滿地藍印，這景象無論如何也不能和兩頭尖尖的橄欖連在一起。

每次讀到「你妻子在你的內室、好像多結果子的葡萄樹，你兒女圍繞你的桌子、好像橄欖栽子」這首詩篇時，始終不能明白何謂「橄欖栽子」？直到現在才明白橄欖樹生命力旺盛，即使老幹枯乾結果稀少，仍能從根部發出嫩芽新枝，圍繞著老樹生長結果，就好像兒女圍繞著桌子一樣生生不息，亦帶來希望無窮。

這橄欖樹一如深藏不露的高人，形容枯槁，沒有佳形美容讓人羨慕，卻能成為別人的祝福。

無花果樹

「無花果樹」是《聖經》中第一個提到的植物名字，可惜卻是個羞辱的印記。當時身在伊甸園中的夏娃被蛇引誘，違反了上帝的禁令，偷吃了分別善惡樹上的果子，她不但自己吃了也讓她的丈夫亞當吃了，二人的眼睛當即明亮，為自己的赤身露體感到羞恥，遂用無花果樹的葉子編作裙子遮羞。

初讀這處經文時十分納悶，這無花果樹的葉子能有多大竟能編裙？直到在聖塔巴巴拉的市中心親眼目睹了無花果樹方才心中釋疑。無花果樹為常青喬木，十分耐旱，樹身高大樹齡長，葉片深裂，狀如張開的手掌，長達十吋，寬及八吋，遠較成人手掌來得寬大，足以遮蔽私處。只是葉片摘下未久便開始枯乾捲曲，難以永久遮羞和禦寒，是以後來上帝用皮子作衣服給他們穿。

無花果其實並非真的無花，而是隱頭花序，花藏於果內不易被察覺罷了。一年收成兩次，可生食亦可製餅或曬成果乾，一年到頭均可享用。在密西根時從未見過新鮮的無花果，果乾也只吃過一兩次，黃褐乾癟滋味平淡，加以價格昂貴，不吃也罷。

去夏蒙教友贈送數枚樹上熟透的無花果，這才得識廬山真面目，雞蛋大小的梨形果實呈深紫色，一口咬下滿嘴細籽，清甜如蜜，確為人間美味，也是很好的乾糧並能醫治瘡傷，難怪亞比該曾贈送兩百無花果餅給逃亡中的大衛替她無知的丈夫請罪。

由於無花果樹葉片大，覆蔭甚廣，在乾旱的中東是很好的遮蔭樹木，以色列人多在葡萄園中栽種無花果樹，於是「人人都要坐在自己葡萄樹下和無花果樹下」成了和平富足的象徵。

無花果樹的最大用途便是結果子供人食用，如果只長葉不結果便不被存留，耶穌在世時即曾咒詛一棵不結果子的無花果樹，那棵樹立刻就枯乾了，用以警戒以色列人如果徒有外表的敬虔，而無靈性的更新，最終難逃枯乾的審判後果。

黎巴嫩香柏木

多年前第一次到北加看望兒子時，即被在高速公路上看到的一種高瘦挺直的樹木深深吸引，狀似一把把收攏整齊的大遮陽傘，顏色蒼翠如松柏，但又不像我在密西根慣見的金字塔形松樹柏樹，不知其名亦不能走近細看，只能一路納悶到底。

搬到北加以後，赫然發現街頭巷尾都有它的蹤影，教堂、學校等公眾場合多是成排種植做為籬樹。樹身原本窄瘦不足以屏障，但鱗狀針葉全身密裹嚴包，沒有旁枝散葉，加以一棵挨著一棵密集種植蔚然成林，這些綠色標兵英姿挺拔，不動如山，既環保又美觀。

北加尋常人家的庭院通常都不大，不宜大量種植，有人硬是沿牆種上一排則顯得樹高房小，似英雄侷促一隅，有志難伸。有人閒種兩三棵，那道貌岸然一絲不苟的樣子，只有頭戴禮帽手持黑傘的英國紳士差可比擬！若單植一棵則似劍指青天，亦彷彿高聳入雲的哥德式尖塔，可以和上天直接對話。

後來有人告之此樹即是舊約《聖經》中所提到的黎巴嫩香柏木，不由得對它更加另眼相看，因為香柏木不單質材堅硬且有香味，以黎巴嫩所產者為佳，是所羅門王修建聖殿的主要建材，詩篇亦說「佳美的樹木，就是黎巴嫩的香柏樹，是耶和華所栽種的，都滿了汁漿」，往後越看它越覺得它望之儼然，仰之彌高。

不過有時我也懷疑這麼纖瘦的樹身如何能承當樑柱之重呢？得砍伐多少樹木才能建成一座聖殿？由於個人植物常識不豐亦不想破壞這美好的印象便一直未予深究，直到最近才意外得知它的真名是「義大利柏」！在引進台灣時，因其高聳如龍柱，喜歡攀龍附鳳的國人遂取名為吉祥的「義大利龍柱柏」。

此番錯把馮京當馬涼，倒讓我想起了曾在北加的一個藝術中心內，見過一個義大利花園，中央通道上的兩行義大利柏，巍然聳立，一派莊嚴肅穆，當時不識其樹亦從未去過武侯祠，「丞相祠堂何處尋，錦官城外柏森森」這兩句杜甫的詩句卻驀然浮上心頭。

孔明和杜甫的遭際不盡相同，但同樣是耿介忠貞的孤臣孽子，其高風亮節值得後人景仰推崇。義大利柏雖非建造聖殿的黎巴嫩香柏木，然優雅挺直，耐旱常青，亦不失為佳美樹木。

（二〇一八年四月十四日，發表於《世界日報》副刊）

梨花白芥花黃

人說美國中西部四季分明，但我們在密州住了大半輩子的感覺並非如此。夏天滿眼翠綠，秋天諸色紛陳，冬天一片灰白，唯獨春天印象模糊。

剛搬來這新建小區時上有老下有小，每天早出晚歸，少有閒暇閒情注意周遭景物。也許是春雪緊接著冬雪的緣故，總覺得冬天漫無止盡，枯枝敗葉之中難覓春天蹤影，等到積雪初消才驚覺大地早已變了顏色，好像才脫下冬衣就要換穿夏裝了，從未覺得「當時年少春衫薄」，直到臨老賦閒在家才知這全是我的錯覺。

宅在空巢終日無所事事，天上流雲，地下花草，甚至門前車輛都是我注目的對象。一日獨坐窗前，驚見後鄰院中樹上白花花的一片，疑是冬雪未消，再一細看那不是雪而是「忽如一夜春風來，千樹萬樹梨花開」。可笑在此小區住了二十年，僅知道後鄰屋主換過兩三回，卻不知他家種有梨樹而且還會開花。

漫步小區發現不止後院鄰居，很多人家院裡都栽有梨樹，那球狀花朵是由無數小花團聚簇生而成，似雪球如雲朵也像棉花糖，密密麻麻的綴滿枝椏，白得純潔無暇，白得單一專情，無聲訴說著白雪公主的童話故事。

梨樹先開花後長葉，花期苦短不及盈月，花開如枝頭堆雪，花謝則勢如飄雪，不管花開花謝始終冰清玉潔，不同流俗。李白詩云「柳色黃金嫩，梨花白雪香」，新柳初發誠然色金，然而梨花非但沒有香味反而有一股難聞的異味，只要一陣微風即輕易洩漏了它的難言之隱，還惹得它珠淚紛飛。

唯恐春歸無處，我走遍了附近的大街小巷。當初搬來時此城仍是沒沒無聞的新興城市，亞裔不是很多，朋友戲稱我們到此拓荒，如今因學區好吸引許多亞裔尤其是華人前來，到處欣欣向榮。擴建後的高中我已不太看得出兒女就讀時的舊貌，旁邊的市立圖書館亦翻修一新得幾乎認不出來，周圍空地都成了新建社區。

所住小區夾雜在許多新社區之中顯得老態龍鍾，印象中的幼小行道樹皆已長成大樹，兒女和他們的玩伴多半遠走高飛，我認得的鄰人所剩無幾。往事在夾道梨花中隨著落花飄散，哀樂中年並非我以為的天長地久，只是春去還復來而我的青春卻一去不返，能不興起「朝如青絲暮成雪」的感傷。

一直以為加州四季如春，等真的搬到加州才發現並不是想像中的那回事。所處東灣是沙漠型氣候，早晚溫差極大，晨起春寒料峭，午後夏熱難當，黃昏秋涼如水，入夜冬冷似冰，可說是一日過四季，然而自然景觀卻非如此四季分明。

此地雖不下雪，但樹木除了松柏和紅木外並非終年常青不凋，有些樹木還是會變色飄零。一年到頭總有不同的花兒開放，玫瑰和杜鵑更是不分季節的亂開一氣，春來木蘭、梨花、杏花和一些不知名的小花爭相開放，搞不清楚到底是誰獨占梢頭一枝春？

東灣到處都是山坡起伏，上面少有樹木，終年多以枯黃光禿的素顏示人，唯當雨季來臨才看得到它隱藏的另一面，只見春雨如畫筆一遍遍地替它滋潤顏色，由淡而濃以致容光煥發。

當群山換上綠春衫頓時判若兩人，散生其間的芥花有時在其衣襟灑下點點金光，有時在其周身滾上黃色花邊，有時索性在其裙擺飾上大片錦繡圖案，使得它格外的風情萬種。這黃色的芥花是我在密州從未見過的，立時被它燦爛的顏色吸引，四處追尋它的芳蹤。

原以為它是野生植物應該和蒲公英一樣到處都是，實則不然。公路邊、山窪、山腳下或空曠處或可驚鴻一瞥，但都不是漫山遍野的花海，奔走多處終於在鄰近的一個小城看到一片花海。小城郊區多果園，間中有一些空地，邊緣有幾家農舍，院內圈養了一些驢子和牛，鐵絲網外是一大片盛開的芥花，黃燦燦亮晶晶的眩人眼目，這正統的皇家黃，象徵著光明和希望，令人心嚮往之。可惜隔春再訪，時間、氣候及地點盡皆錯亂，黃花不知何處去，唯有牛驢如故。

後來才知道此芥菜是地球上非常古老的野生植物之一，人類很早便發現其子有香味可以製醬食用，因而開始廣為種植，至於何時傳入美國已不可考。酒鄉納帕谷（Napa Valley）傳說最初是由歐洲傳教士帶入美國的，他們將芥菜種子撒在傳教途徑兩旁，以便來年花開可以找得到走過的足跡。

歷來羅馬人愛在他們的葡萄酒和醋中添加芥花，以增加風味。現在的酒鄉業主多為歐洲移民，自然承襲了這個傳統，在葡萄架下廣植芥菜，招攬酒客品酒之外，意外引來大批賞花遊人。

酒鄉只有一條主要公路將許多小鎮串聯一線，兩旁都是大大小小的酒莊，佈滿阡陌縱橫的葡萄園，若是所有芥花皆能同時開放，將是傾國傾城的美景，惜因陽光角度、地勢高低、氣溫高低及雨量多寡的關係，有的早熟有的遲開，來去多次只能看到東一畦西一畦的花田而非一望無際的花海。

葡萄架下的芥花熙熙攘攘如波濤洶湧，滿溢出豐收的喜悅，微風過處，清香陣陣，我不飲酒，卻醉在這黃花叢中，始信「若無閒事掛心頭，便是人間好時節」。

然而歲月靜好終究是可望不可及，一場新冠肺炎搞得天下大亂，人心惶惶，曾經的天涯若比鄰，在禁閉令下變成了咫尺天涯，習以為常的握手擁抱禮節成了禁忌，咳嗽打噴嚏更成了令人退避三舍的大事。

我們這未經戰亂的一代已被歸為高危險群，面對網路鋪天蓋地的封城鎖國消息和謠言，難免被嚇倒，也想隨從眾人屯積衛生用品、藥物和糧食，但到底沒有親身經驗過，事事慢半拍。空空如也的貨架和洶湧的搶購人潮平生僅見，似乎大災難即將來臨。

今春雨季姍姍來遲，街頭梨花方始盛開即隨著春雨點點飄落，好似多少人家的傷心眼淚。當此梨花白芥花黃的時節卻只能閉門家中坐，一方面盼著芥花黃遍，點燃那千萬盞希望的燈好照亮這黑暗的春天，而另一方面卻是平生頭一次盼著春天早早歸去，好迎來乾熱的夏天，將病毒徹底消滅，早日恢復那不曾在意的平靜生活。

（二〇二〇年四月十六日，發表於《世界日報》副刊）

走入青山

千禧年過後可說是全民瘋旅遊，不管是天涯或海角都有人去過，而愚夫婦卻連大陸和歐洲都沒有去過，在朋友圈中傳為笑談。二〇一七年有教友邀約參加次年九月的長江遊輪十一日遊，立刻興沖沖報名繳費並辦好了簽證，誰知在出發前一個月該旅遊公司因不當經營被勒令停業，幾經周折雖拿到了全部退款，期待已久的長江首遊卻成了泡影。

去春在以色列旅遊途中，有人遊說我們參加今年三月底的希臘之旅，行程除了雅典等大城外還包括四天三夜的愛琴海郵輪，據去過的友人說行程不錯價錢也十分公道，我們遂欣然報名並於去年十月底付清所有費用（言明概不退費），自己向土航買好來回機票，一切安排就緒就等出發。

然而計畫永遠趕不上變化，無中生有的新冠肺炎不僅打亂了我們的腳步更攪亂了整個世界。一月各種疫情謠言滿天飛，二月爆發了口罩荒，所有消毒用品大缺貨，三月歐洲美國疫情先後告急，飛機和郵輪成了新冠肺炎的傳播溫床，人人談旅遊色變。

我個人年老體弱不想以身涉險，希臘之旅的主辦單位則認為希臘疫情不足為慮，打算如期出發，直到政府頒佈了旅遊禁令和居家令這才決定將行程順延至明年同一時間。土航則和我們捉迷藏，退款電話號碼一改再改，不管白天晚上打不是占線、無人接聽便是不知所云，折騰了一個月才拿到了退款。

歐洲旅遊夢碎，沮喪中竟不知日常生活早已變了樣，常去的教會、幼兒園、超市和大賣場都去不得，人人皆成了假想敵，鈔票、信用卡、報紙、郵件、包裹、塑膠袋樣樣隱藏殺機，避疫守則、專家發言、科研報告和各種數據均是無形殺手，將人的安全感殺得片甲不留。

所幸兒女皆住在附近亦非身居前線的醫護人員，我們不必為他們的安危額外擔心，不時還能小聚一下，親情未受阻隔，然而心情卻是鬱悶異常，彷彿困在無形網中無從掙脫，唯一的精神寄託便是出門散步。

魔鬼山（Mount Diablo）是加州東灣附近最高的山，無論在哪裡都能看得到它，我家門前的石灰嶺野地（Lime Ridge Open Space）即位於通向它的主導嶺上，占地千餘英畝，因曾為石灰岩採石場而得名，但它並非是一片空曠的平地，而是高低起伏的山坡地，上面雜草叢生，樹木寥寥無幾，終年光禿禿的沒有遮陰避雨的地方亦沒有溪流水源，唯有市政府放牧的牛群和神出鬼沒的響尾蛇。

剛搬來那年因為好奇我們走遍了每一條步道，山雖不高但黃土碎石加荒煙蔓草，攀頂並非想像中的容易，亦因山不夠高，頂上風光也沒有想像中的好，其後便不再攻頂，改走山腳下的柏油步道。沒有想到在這個不尋常的春天裡，不止散步的人多了連單車騎士也多了，為了避開人群只好走向山裡。

三面環山的谷地不大，東北主嶺上有明顯的兩直一橫的步道，其餘小山坡上各有眾人踏出的小徑。三月春雨染綠了整個山谷，海水浸藍了萬里晴空，剛開始綻放的芥花正忙著在綠野寫字作畫，雖未成形但幾筆鮮嫩的鵝黃線條已然不俗，空氣中彌漫著青草和芥花的香氣，耳中滿是啁啾的鳥語，行走其間頓覺神清氣爽。

四月和風拂過山頭，山中綠意更濃，怒放的芥花在山坡上書寫龍飛鳳舞的狂草，在小徑邊臨帖行雲流水的行書，在狹谷間揮灑淋漓盡致的潑墨畫，一一看得我目眩神迷，攀上爬下的追蹤黃花身影，想用手機留住這些天然畫作。

芥花枝細莖纖，每一細莖上都長滿小花團聚而成的花球，看似纖弱卻筆直挺立且高可及一人，它們密密麻麻的叢生一處將點點繁花匯成清一色的奶油黃，濃郁芳香，深深吸引我們的目光，卻不招蜂引蝶，只有大批紅翼黑鳥嬉戲於黃花叢中，那幾棵孤伶伶的大樹正是牠們春天繁殖暫棲的家。

紅翼黑鳥是加州常見的候鳥，歌聲悅耳動聽。雄鳥通體黑色唯肩部鮮紅，雌鳥較小亦無漂亮的羽肩。當我忙著追尋花蹤時，同行的先生則忙著捕捉鳥影，亟欲抓住牠展翅欲飛紅光乍現的剎那，奈何他沒有大砲鏡頭而鳥不似花靜止不動，離遠了鏡頭夠不著，走近了怕驚走了牠，驀然飛起時又來不及按快門，尤其是群鳥嘩啦沖天時更難對準焦距。先生是個急性子，從不願守株待兔，自信亂槍打鳥也總會有一張傑作。

在花鳥叢中徘徊日久，發現山頭雲影變幻同樣引人入勝。無風晴日，大朵白雲飄浮山頭，瀟灑浪漫，朵朵都是年少輕狂時的夢，以為唾手可得其實可望而不可及。有風的日子，吹來漫天微雲，時如魚鱗羅列，時如天燈浮沉，非孔明「出鬼入神之計」不能為之。

待得雲淡風輕，殘留的千絲萬縷，或像飛龍在天，或像大鵬展翅，不禁「遙想公謹當年小喬初嫁了，雄姿英發」。

五月豔陽高張，黃花漸溶，鳥聲漸稀，黃綠二色之中出現了白、紫、褐等色帶，層次分明，線條粗重，只是狂草失了狂狷，行書悄然淡化，潑墨畫不再奔放，畫風筆意由黑白國畫一變而為彩色西畫，可惜牛群所到之處，恣意踐踏花草，留下塊塊枯黃補丁大煞風景，尤為不快的是數度與響尾蛇狹路相逢。

山裡風景變了，山外人心也開始浮動，不耐久久避疫家中，要求重啟的聲浪一波高過一波，多數州在各種數據都不太樂觀的情況下逐漸重啟，正擔心是否會爆發第二波疫情時，卻在五月的最後一天因非裔男被白警壓頸致死而先一步爆發了示威暴動，為正義公平發聲的固是多數，但趁機打砸燒搶的也不少，數哩之遙的鄰市亦受波及，多州多處實施宵禁，這是我們旅居美國四十餘年從未見過的亂象，難免為之膽戰心驚。

病毒未因六月高溫消滅，民怨亦未平息，山上仍是我們的唯一避秦之地，只是黃花已溶，鳥聲已稀，烈日下的山中一片白花花，一時竟有「晨起開門雪滿山」的錯覺。穗白莖黃的加州牧草固為主色，不過其中還有零星大樹點成的團團墨綠，芥花細莖畫出的重重紫影，無名雜草衍生的行行蔥綠和加州奶油杯漫溢的點點金黃，實在是諸色紛陳而非一味的蒼白。更有趣的是在斷莖殘秸及牛糞堆中，居然生出了許多吋許大的小白花，誰還敢說鮮花插在牛糞上是笑話？

驪歌聲中又爆發了第二起白警槍殺非裔男的事件，挑起更多的種族對立和仇恨情結，在病毒和暴動的雙重威脅下居家避疫和山中散步仍是最佳選擇。夏至已過酷熱難當，牛群翻過的個個山頭都成了不堪入目的瘌痢頭，望之心情越發鬱悶。

日前行經一處忽覺眼前一亮，一朵盛開的紫花恰如一盞明燈照亮了眼前這條荒徑。這花乍看神似鄰家種植的洋薊，比對照片並不全然相似，姑且稱之為野生洋薊。球形花朵生於蓮座頂端，針狀花絲輻射而出，像極了夜空中的璀璨煙火，散發著希望和光明。這野地的花既不勞苦也不紡線，然而所羅門王極榮華時的穿戴還不如它，我的心卻為何在我裡面憂悶煩躁？應當仰望上帝，因祂笑臉幫助我，我也要讚美祂。

「回憶是一條沒有盡頭的路，一切以往的春天都不復存在」，這個春天自也不會例外。青山縱已白頭但依舊生意盎然，只要知道誰掌管明天，人間無處不可避秦。

（二〇二〇年七月三十一日，發表於《世界日報》副刊）

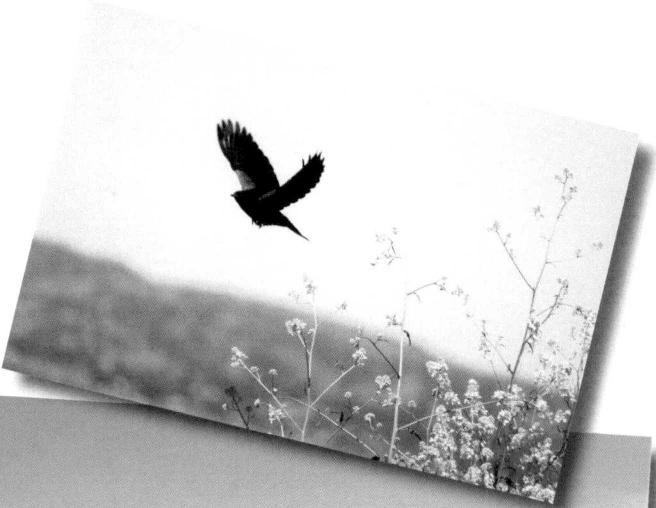

1.紅翼黑鳥
2.獵影中的作者先生
3.野生洋薊

野地中的曼陀羅

春天芥花，夏日洋薊，都已成昨日黃花。門前青山枯槁如秋，八月烈日高溫下無復往日散步的情趣，奈何疫情反彈到處行不得也，只好穿過公路底下的人行隧道走向南石灰嶺野地。

隧道前坡地上有幾叢不知名的白花，有點像喇叭花又有點像百合花，並不起眼便未加以留意。隧道長約百餘呎，寬可供三四人並行，不像隧道倒像防空洞。頂上公路將石灰嶺野地橫切為南北兩個部分也分屬兩個不同的城市，地勢南高北低，幅員南寬北窄，兩邊景觀遠看皆是一片枯黃不相上下，然因南邊沒有牛群放牧且不准溜狗，漫步其間的感受還是不盡相同。土質稀鬆泛著些許赭紅，陡坡上的石灰石多已風化成為沙丘，其中一兩處還可明顯看出是開採過的石礦遺址。

山上植被種類豐富，層層堆疊，以燕麥植物為主，金黃麥浪中湧現著道道深紫淺紫波紋，有種煙霧迷離的感覺，不像北邊儘是衰草連天透著荒涼。樹木同樣不多，卻多生長在沙丘上，在山脊上形成一條罕見的林蔭步道。

步道蜿蜒起伏不知所終，不見人影，不聞鳥語，有蔭無風，有草無花，只偶見去年那場人為山火留下的焦黑殘枝。行至岔道，路邊枯草堆中也有幾叢白花，因和隧道前所見相同，只匆匆一瞥即轉向而去。

攀上坡頂，北邊山谷盡入眼底。路旁及山坡上零星散佈著同樣的白花叢，好似在金浪紫波中濺起了點點水花，眼前山光頓成心中水色。先生眼尖竟在白花叢中發現了綠色有刺的果實，用手機植物識別App一查，不禁驚呼「這是神聖曼陀羅花（Thorn Apple）」。

久聞曼陀羅花大名但從未親眼見過，總覺得這美麗的名字帶著一層神祕色彩。曼陀羅花（學名：Datura Stramonium，英文名：Thorn Apple）又名醉心花、洋金花、山茄子等，是茄科類曼陀羅屬植物。原產於墨西哥，目前遍及全世界溫帶至熱帶地區，常見於荒地、旱地及向陽坡地。五月至九月開花，六月至十月結實，果實呈球形表皮生有棘刺，這是它英文名字的由來。它的種類繁多，神聖曼陀羅花是其中一種，可能是因它有迷幻作用而被美洲土著使用於神聖的宗教儀式而得名。

曼陀羅花全株有毒，種子毒性最大。主要成分為有麻醉作用的東莨菪鹼，它能使肌肉鬆弛和抑制汗腺分泌，電影電視劇中常見的「蒙汗藥」即以此花製成。除了止痛麻醉主要功能外它還有止咳平喘化痰消炎等多種藥效，然因全株有毒，若使用不當，可能會造成幻覺、失憶、昏迷甚至引起心肺功能失常而死亡，藥效與毒性之間可謂差之毫釐失之千里。

自從發現了神聖曼陀羅花又恢復了往日的散步興致，並走出了一條賞花路徑。它多半是散生在路邊，一叢一叢的保持社交距離，不像芥花不管不顧的成群結隊。每株約三呎方圓，高約二三呎，花為喇叭形，計有五片長尖的三角形花瓣，單生於枝叉間或葉腋。管狀花萼很長，頂端呈尖錐狀，將層層折疊的花冠緊緊包裹於內，根根直立如燭。當花萼開始由淺紫變為黃綠時，便是花朵將要如傘撐開之時。含苞時，花朵頂端圓如漩渦，細長瓣尖繞著圓心若隱若現。初綻時，五片尖角花瓣向外延伸出來，像極了兒時玩過的四角紙風車，只是多了一角而且是逆時針旋轉的。半開時，花蕊清晰可見，瓣上稜線卻不太分明，花形神似庭院栽種的大喇叭花，不過一直立一懸垂。盛開時，仰臉朝天，清潤圓正，此花非荷非蓮，此處無雨無水，黃沙遍地，烈日當空，卻偏想起了周邦彥的名句「一一風荷舉」。

看多了看久了，這才看出整個花開過程並非是悄無聲息的，它是踩著圓舞曲的舞步翩翩起舞的，自個兒一圈又一圈的旋轉再旋轉，將翻飛的舞裙舞成一個完美的圓而後止。

一旦花謝，原本昂然挺立的花朵立刻收斂起花傘，彎腰垂首做尖椒狀，花房則日漸膨脹，有時不待外皮枯乾脫落果實便自行綳裂而出，比荔枝略大的果實渾圓青綠滿佈棘刺，但看起來並不尖硬，模樣還蠻可愛的。

納悶的是好幾叢的綠葉都被咬得千瘡百孔，甚至連花朵也被吃掉半截，難道世上竟有不怕死的動物膽敢來冒犯渾身有毒的神聖曼陀羅？莫非是附近偶見的小母鹿？

這條山坡路一邊低下，窪處長有好幾棵高大的橡樹，此時結滿了綠色的橡子，松鼠向來喜食堅果，以為此地必然多松鼠，沒想到松鼠難得一見，倒是有小母鹿出沒其間。最多的一次同時有四隻現身，當發現有人偷窺急於離去時，還頻頻扭頭回望，那無辜的眼神教人一見難忘。

直到有一天近距離拍攝花朵時才發現真兇是夜蛾。牠形似葡萄樹上的毛毛蟲，但身軀更加肥大，顏色碧綠，混在綠葉叢中很難被察覺。

有花可賞，有鹿可待，使得居家避疫的日子好過多了，誰知庚子年的咒詛猶未解除，九月高溫破表，山火由南加一路延燒到北加、奧勒岡州和華盛頓州，整個西海岸火光沖天，烏煙瘴氣，分不清是白日還是黑夜，戶外散步成了奢望。

禁足期間實在悶得發慌，於是溜出去散了幾次步。全程戴著口罩，悶熱難當，雖不見舊金山那樣的橘色天空和血色月亮，但放眼周遭一片天昏地暗，好像置身災難片場景之中。灰頭土臉的神聖曼陀羅，宛如貴妃蒙塵，只落得花鈿委地無人收。

再次出門散步時花季已近尾聲，花兒謝的比開得的多，果實枯的比綠的多。無意中看到一顆自然爆裂的果實，裡面分隔成四個小室，每間小室裡滿是那神祕的褐色種子，此一發現又讓我興奮了起來，連日在花叢中留連，果實有被蟲咬的，有未熟而落的，有熟而枯乾的，能夠修成正果的並不多見，不過還是有蜜蜂來傳播花粉，還是有種子能落地生根。

凡事有得有失，若非疫情反彈，我們不會穿過隧道也就無緣一睹神聖曼陀羅的一生。它與貴妃同樣麗質天生，舞姿翩躚，原無害人之心，卻為惡人所乘，終使美麗化為哀愁。貴妃早已香消玉殞，回天乏術，然而煙霧會消散，疫情會過去，明春我還會穿過隧道，神聖曼陀羅也還會仰臉朝天。

（二〇二〇年十一月十六日，發表於《世界日報》副刊）

花開程序（上）

貴妃蒙塵（中）

果實與種子（下）

千里尋蝶

帝王蝶的東邊遷徙路線是北從加拿大安大略省南到墨西哥中部的蝴蝶谷，在飛掠伊略湖前會在霹靂角暫歇。霹靂角是加拿大陸地的極南點，距離我們密西根舊居單程車程二點五小時，曾多次前往遊覽，但從來不知道它是帝王蝶遷徙的中途站之一。

遲至二〇一四年夏才聽說了帝王蝶的故事，九月下旬急忙驅車前往尋蝶，到了霹靂角不光是遛狗的當地人連公園管理員都不知道帝王蝶消息。公園所在沙洲終年風高浪急，沙灘上候鳥群聚，走遍了前後沙灘和樹林，所見帝王蝶不用十個手指頭便能數完。原來當年因受北極漩渦的影響，北上帝王蝶本就不多，何來的南下盛況？

次年搬到加州後忘了尋蝶一事，直到去秋意外在網上發現了有關帝王蝶的檔案，這才知道它還有一條西邊遷徙的路線——北起加拿大落磯山脈南至加州中部海岸線。文中一一列出了它越冬的地點及數量。十一月中旬至十二月中旬是帝王蝶數量最多的時候，其後至次年一月，有些帝王蝶會轉移到其他地點或死亡。

數量夠多又能當天來回的只有聖克魯斯（Santa Cruz）和蒙特雷（Monterey）兩個城市。前者離我們東灣新家較近，有兩個越冬點，數量都在五萬隻以上，遂於十二月上旬前往賞蝶。早上先去了天然橋州立海灘（Natural Bridges State Beach），保護區位於遊客中心旁邊的樹林中，木棧道兩旁緩坡上都是非常高大會在冬天開花的尤加利樹，為帝王蝶提供了絕佳的避風地方和食物來源。

一路上皆有小告示牌簡易說明帝王蝶的習性及遷徙循環。當溫度低於華氏六十度時，帝王蝶會合攏雙翅成簇懸掛在枝條上抱團取暖，因其內翅顏色土黃，遠看如枯枝殘葉。在此過冬的是第四代蝶，到了次年二月開始往東北方向飛，沿途尋找乳草（Milkweed）棲息地以便產卵孵化，三、四月產下的第一代蝶續往東北方向飛，五、六月產下的第二代蝶接棒續飛，七、八月產下的第三代蝶，飛至加拿大落磯山脈落腳，九、十月產下的第四代蝶生命可長達半年，不像前三代由卵、毛毛蟲、蛹到成蝶只有一個月的壽命，因為它將南飛兩千哩回到先祖越冬的地點，完成世代相傳的使命，而這千里飛行僅是靠著兩條觸鬚導航的。

走完木棧道不僅懸垂的枝條上沒有抱團取暖的蝶柱，樹梢也沒有飛舞的蝶影。失望步下木棧道卻見柱腳貼近地面處有一隻帝王蝶盤旋不去，為了拍照我一步一步走近竟然沒有驚動牠，經同行的先生點醒才恍然大悟這不是一隻帝王蝶，而是一對正在翻雲覆雨的情侶！不管遊人圍觀只顧一晌貪歡。

餘下路程只見到一隻帝王蝶停歇在松樹上，著實洩氣，於是將目光轉向了帝王蝶棲身的尤加利樹。一般樹幹皆是粗糙有裂片或縱溝的黑褐色，此樹樹皮卻於夏季成條縱向剝落，樹幹如同換了張臉般光滑平順，且用黃灰白紫諸色敷面，其中一棵盤根錯節的參天大樹，更是全身彩繪，似乎唯有如此華麗的裝扮才配作帝王蝶的行宮。

下午來到燈塔場州立海灘，在成排民宅後面的空地上有一小片樹林，雜生著柏樹和極為茂盛的尤加利樹，樹上還開著小白花，接近地面的枝條上尤其花多。這一球一球的花蕾活像棉花球，盛開後細長花絲圍繞著褐色花心四散，彷彿一張戴著草帽的笑臉，有趣極了。

也許是因高枝花開的緣故，不時看到三五蝴蝶在樹梢飛舞，燦若金光，疾如流星，直追得我頸酸眼澀。在低處偶而有雙飛蝴蝶翩躚而過，也有落單的蝴蝶，披著牠那傲人的皇袍停歇在枝葉上，不知是為了吸引異性？還是單純的曬太陽休息，以期恢復千里飛行透支的體力？

到燈塔附近蹓躂一圈回來已時近黃昏，以為會見到如倦鳥歸巢般的壯觀場面，結果等待多時毫無動靜，上前請教一位看似管理員的女士，才知西線帝王蝶南徙的數量，已由去年的兩萬餘隻銳減為今年的兩千多隻，恐怕我看到的檔案是二〇一六年前的舊檔案，所引用數據皆已過時。

記得名作家喻麗清在〈蝴蝶樹〉一文中提及她曾專程到蒙特雷尋蝶且有所收穫，雖嫌蒙特雷路遠，元旦過後還是依址前往，一下車便看到牆上繪有彩蝶的蝴蝶旅館，旁邊有一條小路通往後面的樹林也就是蝴蝶保護區。二英畝餘大的園區實在很小，步道一邊是蒙特雷柏樹即文中提到的蝴蝶樹，另一邊是尤加利樹，靠近出口的鐵絲網籬外栽有幾叢花木。然而蝴蝶樹上不見文中形容的「灰濛濛的藤條」，只見縷縷白絮，尤加利樹上沒有一朵花也沒有一隻曬太陽的蝴蝶。

尋覓許久才在一叢黃色雛菊前的鐵絲網籬上看到一隻帝王蝶，雙翅平展以纖細的手足勾住鐵絲，上下迴旋，獨自跳著誘人的鋼管舞，其標誌性的黑脈金斑及鑲嵌白點一覽無餘，連隱翅上分別公母的兩個黑斑點也看得清清楚楚。我們一連走了幾個來回，這隻公蝶仍在原處忘情的舞著。

科學家們說有毒的熱帶乳草是帝王蝶產卵的溫床也是毛毛蟲的唯一食物，這天生毒性保護毛毛蟲不被其他動物吞食，得以生生不息，但近年來由於氣候變化，房屋擴建，以及殺蟲劑和除草劑的大量使用，再加上這一年新冠肺炎的肆虐，使得帝王蝶在遷徙途中的乳草棲息地遭到破壞，導致帝王蝶瀕於絕種邊緣，呼籲民眾捐贈或廣植熱帶乳草，否則這獨特的帝王蝶遷徙將成絕響。

為什麼帝王蝶遷徙如此獨特？因為如鳥類和鯨魚的遷徙循環，年復一年皆是由同一代完成的，可說是歸鄉之旅。然而遷徙的帝王蝶從未到過目的地，實際上是由四代接力完成的，既非歸鄉亦非訪舊，到底是為了什麼？牠們為何有此心志又是如何辨識先祖舊樹的？我不得而知，但願人類注重環保維護自然生態，才能讓帝王蝶遷徙的盛況再現。

（二〇二一年三月十四日，發表於《世界周刊》No.1930）

1. 一晌貪歡
2. 樹上蝴蝶

浮光躍金白楊路

久聞加州三九五號公路是一條著名的賞秋大道，沿途金光燦爛美不勝收，心動已久但還來不及行動，今秋即落在疫情和選情的雙重壓力之下，既不敢搭飛機亦不敢在外留宿，只能望圖興嘆。

三九五號公路上的燦爛金光多來自白楊（Aspen），從圖片看來它和白樺一樣有著灰白樹幹，上面有著黑色結痂。因著白樹幹和黑眼睛，白樺成為思念和愛情的象徵，經常出現在文學作品中和許多人家的庭院內。

不確定到底見過白楊沒有，但從「白楊多悲風，蕭蕭愁殺人」、「悲風四邊來，腸斷白楊聲」、「門客空將感恩淚，白楊風裡一沾巾」這些詩詞中得來的印象，多與喪葬、哀悼、傷逝及懷古有關，沒有白樺羅曼蒂克的想像空間，只有嚴肅傷感的生死大問。因此對白楊形象更加好奇，亟欲一探究竟。

聽說南太浩湖和希望谷一帶多白楊，離我們家單程車程三個多小時，當天來回勉強可行，以為較北的南太浩湖較冷樹葉理應變色得早，十月中旬遂先驅車前往位於南太浩湖以南一哩處的落葉湖（Fallen Leaf Lake）。

離開高速公路就只有一條很窄的單行道可沿湖南下，首先穿過一個露營營區，放眼望去皆是高大的青松，而非想像中的一片金黃。原來白楊多混生於松林之中，但沒有松樹高大，只能於松樹隙縫間窺見它的黃色身影。下車深入林中方才得見它的廬山真面目，白幹細直但枝繁葉茂，雖是落葉喬木卻叢生如灌木，密密麻麻的璀璨黃葉，一如熊熊烈焰在松林中東一處西一處的燃燒著，這景象讓我想起了《出埃及記》中摩西所見荊棘被火燒著卻沒有燒毀的異象。

駛出營區一片青山綠水驀然出現在右側，正是隱身於松林和民宅之後的落葉湖。它是個由冰川運動造成的高山湖泊，呈南北走向的橢圓形，長不及三哩，寬不足一哩，可謂小巧玲瓏。湖水清澈湛藍，對岸石山倒影湖中，對稱工整，線條分明，成就一幅工筆山水畫。南端層層青松環繞山前，三兩木屋隱約可見，幾棵白楊金黃耀眼，這青山綠水人家絲毫不受疫情驚擾，逕自與世無爭，歲月靜好。

湖的盡頭多為民宅，有一條碎石步道可通往一個小瀑布，徑幽林深，大片白楊林剛剛開始變色，黃綠參差透著清新，看起來和尋常黃葉林並無二致。倒是附近小教堂前的成排白楊頗具特色，高瘦挺拔如紅木，白色軀幹上有些許黑色節疤，雖不及白樺的黑眼睛迷人，樹皮也不能層層剝落，但樹形優美，清秀出塵。枝椏上揚，近似心形的葉片簇生頂端，連綿成一片鮮嫩鵝黃，風過林梢，葉片翻飛閃亮如金幣亦發出金幣落袋的清脆歡聲，大大撫慰了慌亂的人心，將所有塵囂煩惱摒之於外。

十月底前往希望谷，滿心期待著漫山遍野的金黃白楊。轉上八十八號公路很快找到了網上流傳甚廣的那棟破舊的紅溪木屋（Red Creek Cabin）。同樣的藍天青松，同樣的紅溪木屋，唯獨缺了金黃白楊，枝枝白幹寫著明秋再見，心下悵然，不過山上植被和眼前雜草皆花色翻新，深淺有致，仍然是美景如畫。

續往前行，兩旁多是白楊林，儘管十之八九皆已葉落枝空，無數細枝仍然堅持著昂揚向上的姿態，不曾斷枝下垂示弱，耐旱耐寒的本質表露無遺。途遇一當地人，才知並非我們來得不是時候，怪只怪兩天前的一場罕見強風一舉吹落了白楊的滿樹黃葉。

彎入岔道來到紅湖（Red Lake）這個很小的高山湖，其周圍廣被紅杉和黑松，附近排水系統兩旁則多柳樹與白楊。此處亦無例外白楊凋落殆盡，蔥鬱林中只偶見冒出的白色枝條和零星黃葉，然而眼前紅湖卻如遺世美人，默默的凝視著冒然闖入的愚夫婦。

這紅湖比落葉湖還要嬌小，一端暴露於視野，另一端迤邐隱入林中，乍看好像一個秀珍圓湖，對岸兩座略高的山峰投影湖心，相映成趣，近得好似觸手可及，但它不像落葉湖般明鏡返照，陽光穿過松林斜射，湖面泛起細細波紋，將山影盪漾成了藍綠幻影，美人鬢邊縱然少了金釵裝飾，一樣擋不住她的萬般風情。

卡普爾斯湖（Caples Lake）是八十八號公路上的另一高山湖，曾經是一個開放的草甸有兩個淺湖，故又名雙子湖（Twin Lake），現已築壩成為水庫。此湖占地六百英畝，湖岸線長達六哩，湖呈不規則形，在很長一段公路上都能看到她的婉轉身影。

水天一色中青山綠松倒影成雙，湖岸白楊多剩空枝，不過仍有點點金黃隱藏其中，留給我些許想像的空間，若是白楊不曾早凋，這湖豈非像一顆臥在黃金海中的藍寶石般金碧輝煌？

回程快要駛離八十八號公路時忽覺眼前一亮，急忙停車觀看，喜出望外還有一片燦爛的白楊林為我存留。下面細直白幹神似白樺，上面枝葉綿密相連，閃現的不是青春年少的鮮嫩鵝黃，亦非風華正茂的耀眼金黃，而是美人遲暮的貴氣橘紅，恰如人生各個階段都有其不同風光，沒有高下之分。

此行未見漫山遍野的金楊盛況，雖是美中不足，但三個高山湖泊讓我明白了凡事無須執著，轉念之間便有意外之喜。縱使枯楊處處，但不覺蕭瑟，因它非如槁木死灰而是蓄勢待發，明春又是一番榮景。眼下金陽燦爛，山明水秀，加以此處無墳，老美也沒有在先人墳前種植白楊的傳統，這一路行來絕非古人形容的「蕭蕭白楊路」，而是浮光躍金白楊路。

（二〇二一年一月四日，發表於《世界日報》副刊）

1.落葉湖
2.徑幽林深的白楊林

安能辨我是雌雄

在十一月初的小組雲會中，陳姊妹問大家知不知道銀杏樹有公母之分？有沒有見過長在樹上的銀杏果？她的鄰居門前即種有一棵母銀杏樹，現正結果而且有臭味。銀杏樹見過，銀杏果吃過，但從不知銀杏樹有公母之分，更沒見過樹上的銀杏果，頓時勾起了我的好奇心。

根據文獻銀杏是落葉喬木，樹高百呎以上，壽長兩千五百餘歲，其歷史更可追溯至兩億七千萬年前，號稱為植物界的活化石。銀杏雖長壽但生長卻非常緩慢，通常由栽種到結果要二十多年，四十年後才能大量結果，因此又被稱為公孫樹，即「公種而孫得食」之意。此外又因葉形近似鴨掌而有一個不雅的別名「鴨掌樹」。

銀杏種子有止咳化痰的功效，但因含有氰化氫等有毒物質，不宜生吃和大量食用。葉子有治療哮喘、眩暈、頭痛及提高記憶力等多種藥效，自古以來即為中國的傳統藥材。銀杏雖原產於中國，現已推廣至全世界，因它除了食用和醫療功用外還有很高的觀賞價值。

至於如何分辨雌雄綜合網上各家所言，無外乎看葉片、枝條及樹冠。葉片中心裂缺雌株淺而雄株深（似裂成兩半）。雌株主枝常横生，與主幹夾角五十度左右，枝條分布雜亂，樹冠多呈卵形；雄株主枝挺拔向上，主幹與主枝夾角三十度左右，層次分明，樹冠多呈塔形。整體來說就是雌株矮胖而雄株高大。

為了一辨雌雄，我走遍了附近的大街小巷和加大戴維斯植物園。所見銀杏樹多長得枝繁葉茂且高過兩層樓，根部多只有一根主幹，其上橫生枝節，叢叢密葉包裹整棵樹身，根本看不到夾角，更遑論度數。葉緣皆有微小鋸齒缺刻，可是沒有深裂成兩半的。樹冠既非卵形亦非塔形而是不規則的多邊形。黃葉爍金，似有千萬隻蝴蝶棲息於上，隨時都會翩翩起舞。這片澄黃美則美矣，可惜具皆無果無臭，顯然是一群光棍。

無意中在網上看到一篇二〇〇五年的舊文章，一一列出加大柏克萊校園內的銀杏所在地，特別提到在賈尼尼廳附近的一棵樹齡近百，曾在暴風雨中折肢斷臂，現有禿頂之虞的雄銀杏樹，一九八二年曾有人為之賦詩一首並贏得校內攝影寫作比賽首獎，不過最讓我興奮的是文中提及在博特廳前有幾棵高大會結果子的雌銀杏樹。

按址前往，在博特廳前看到了三棵仍然翠綠的銀杏樹，高矮胖瘦一如小區鄰樹，自然也是雌雄莫辨。失望之餘想起了那首得獎的詩，大意是說詩人站在銀杏樹下，仰望它的金色圓頂，想起了她講的故事。一個遠在東方的僧人四處流浪，一心想要尋找一個可供安息建寺的地方，當他翻過最後一個山頭，疲倦地躺臥樹下，半睡半醒之間，驚見頭上金色圓頂，銀杏樹的金葉正為他施行洗禮，而這不就是他汲汲營營的金色聖殿嗎？時至今日，銀杏樹每年一度成為一座金色聖殿。鎮日埋首書堆的詩人一如古僧，疲倦地躺臥在銀杏樹下，在這金色聖殿中得到安息。

隨後找到那棵最古老的雄銀杏樹，枝葉扶疏，姿態優雅，但頭上青絲歷歷可數，抬頭上望圓頂不復，只餘破網虛張。葉片非常細小，同樣沒有裂缺，若非那獨特的扇形，幾乎看不出來這是銀杏樹。詩人遠去，傷疤仍在，那金色聖殿卻僅存於各人心中。

由月初看到月末未能看出雌雄，只好冒然前往陳姊妹鄰居門前一探究竟。銀杏樹栽在臨街的一棵松樹旁，單一主幹，枝條朝上橫生，約有兩層樓高，覆蔭面積不廣，樹形近似松樹，只是層次不及松樹分明。每根枝條上都長滿了密密麻麻的扇葉，有的金黃，有的翠綠，有的綠中泛黃，有的黃中帶綠，風中舞動一如「輕羅小扇撲流螢」。櫻桃般大小的果子可能產量本就不豐，又被層疊扇葉遮掩，極目搜索也不過看到零星幾顆果子，倒是沒有聞到什麼臭味。

銀杏樹是雌雄異株，雌株只結果不開花，雄株只開花不結果，照理說春看花秋看果應是最可靠的識別方法，實則不然。雌株花芽小而尖細，外形似火柴棒。雄株花芽大而飽滿，長得像毛毛蟲。春天經過樹下時曾看到一些毛毛蟲似的飛絮，只是我不知道這就是雄花。至於秋看果同樣知易行難，因為銀杏並非同時結果，若雌株仍是雲英未嫁身或是患了不孕症，何來的果子？

感恩節過後又兩次前往加大柏克萊校園，那三棵所謂的雌銀杏樹依然滿身翠綠，毫無動靜。繞著博特廳轉了一圈，又發現了好幾棵銀杏，不夠高大茂盛且已落葉滿地，但樹上地下皆找不到一顆果子，更沒有臭味。轉到另一廳前看到兩棵很高的銀杏樹，樹葉幾乎落盡，只見一隻松鼠正端坐在枝椏上，專心的啃著一顆果子，我一見大喜以為這樹上一定有果子，不意拍照的咔嚓聲嚇到了松鼠，果子哐噹一聲掉地，我如獲至寶將果子揣進了包裡，松鼠恨恨的瞪著我在樹上竄來竄去，結果我們均一無所獲。

雌雄不分心有未甘，十二月中旬再度造訪陳姊妹鄰居，豈料已是葉落枝空，這才看清楚樹的骨架，枝條有的上揚有的下垂，並非對稱層次分明，但也不算凌亂。每一長枝上都有許多吋許長的黑色短枝交錯而生，纖細的葉柄和果柄皆由此而出。串串果子裸露枝頭，產量的確不豐。反觀車道滿覆落葉落果，彷彿鋪上了一條黃金地毯。順手撿了一小袋落果，好回家研究。

其實銀杏是裸子植物，只有種子的結構，尚未進化成被子植物的果實。但它的外種皮發達，看起來和果實沒有什麼不同。杏黃色外種皮微皺綿軟，表面帶有一層白粉，剝去外種皮是棕黃色硬殼的中種皮，洗淨晾乾後變成白色，難怪分別被命名為「銀杏」和「白果」。敲開硬殼便是花生米大小的胚乳，去掉薄膜後可以入菜、煲湯或煮粥，可惜我無膽嘗試。

時近聖誕，偶經附近一條大街，驚見五六棵高大的銀杏，均已繁華落盡，一片蕭條，只有最尾端那棵被我忽視的矮小銀杏，不單仍有黃葉搖曳還結了好多帶有白粉的果子，不過顏色非杏黃而是酒紅，撿了一小袋回去比照，二者顏色真是紅黃不同，隔了幾日再看仍是如此，遂又分別回去觀看樹上的果子，照樣是黃的黃，紅的紅，可是剝去外種皮後卻是一樣的白果，不禁想到人類儘管膚色不同，良心卻是一樣的。

銀杏的繁殖一般主要靠銀杏種子育苗，奇妙的是銀杏不僅樹分雌雄，連種子也分雌雄。頭圓雙稜的，種出來的多為雌株，頭尖三棱的，種出來的多為雄株。然而頭尖三棱的白果非常稀少，照理說應是雌株遠多於雄株，為什麼我看來看去只看到兩棵雌株？

原來外種皮含有丁酸和庚酸，所發出來的腐臭味令人作嘔而且經久不散。試想滿街都是踩爛的銀杏，無異於滿街狗屎，有誰忍受得了？為免清掃和聞臭之罪，許多地方只種雄株，甚至明令禁止栽種雌株。不過也就因這臭味和毒性動物皆對銀杏敬而遠之，它才能於億萬年前繁衍至今，甚至連好吃的松鼠都對它興趣缺缺，因為我從松鼠嘴裡搶來的那顆棗紅色果子，又大又圓又硬，根本不是銀杏果！

人分男女，動物分公母，植物分雌雄，這是自然界的生存法則，人類參不透也無從改變，光是銀杏已搞得我頭昏眼花，只能嘆道「雄兔腳撲朔，雌兔眼迷離，兩兔傍地走，安能辨我是雄雌？」

（二〇二一年三月十九日，發表於《世界日報》副刊）

1.樹上銀杏果
2.紅黃銀杏果
3.街頭的金色屏風
4.加大柏克萊校園內最老的雄銀杏樹
5.頭尖三棱的白果

繁花開遍半月灣

未搬來加州前曾去過半月灣（Half Moon Bay）幾次，只記得有一家很高級的旅館和一座漂亮的高爾夫球場，其餘的沒有什麼印象。幾年前搬來加州後反因遊客過多和塞車嚴重一直沒有再去，去春被迫居家避疫自然也無法成行，今年三月初剛打完兩針疫苗便迫不及待地舊地重遊。

我們從東灣開車上加州一號公路南下，出了舊金山市區後視線逐漸開朗，一邊是藍藍的海水，一邊是綠綠的山坡，春意隨著路邊黃花的次第開放而漸行漸濃。車過青苔海灘（Moss Beach），公路兩旁更是一片黃燦燦，忍不住停車觀賞。

公路右邊是一個小型機場，偌大的空地上是一畦又一畦的耀眼黃花，可惜四周圈有鐵絲網籬不得入內。靠近公路旁混生著黃、白和橘色小花，白色的是鈴蘭，淺黃的是水仙，橘色的是加州州花罌粟花，出乎意料那黃花不是芥花而是百慕達奶油花（Bermuda Buttercup）。雖未盛放但五彩繽紛，十分悅目。倒是對街的農場內滿是金黃的芥花，但因是私人產業同樣不能入內，只能站在路邊拍照欣賞。

行經文柱點港口（Pillar Point Harbor）突覺眼前一亮，趕緊停車觀看。在停車場和民宅的中間有一片空地，此時長滿了橘紅色的萬壽菊，像是無數星星跌落綠地閃閃發光，周邊芥花如火炬環繞，更加將這一方空地照亮得光芒萬丈。可惜隔了十天再去，此處已經整地完畢成了名符其實的空地。

由此南下數哩便是此行目的地科威爾農場海灘（Cowell Ranch Beach）。在大蘇爾（Big Sur）和舊金山之間的沿海地區，早在一萬四千年前便有奧隆印第安人（Ohlone Indians）居住於此，一萬多的原住民分屬於四十多個部落，有八至十二種不同的語言，當時草木茂盛，鳥獸群聚，和眼下空曠的景象大相逕庭。

農場以南三哩處曾有一繁榮一時的小鎮普里西馬（Purisima），一名十六歲的德國移民於十九世紀中葉率先在此建立了農場，後來因財務困難被亨利．科威爾（Henry Cowell）以止贖的方式收購。小鎮於一九三〇年全然沒落，現淪為鬼鎮。農場則於一九八六年被某一信託基金會收購，為了確保對這片土地的永久保護，基金會和各相關方面協商，開闢了一條通往海灘的通道，並修建了科威爾-普里西瑪（Cowell-Purisima）這條長三點六哩的步道，於二〇一一年對外開放。

通往海灘的這條筆直碎石通道長半哩，兩旁土地平坦空曠，放眼望去只見藍天、綠草和黃花，彷彿天地間只有這藍綠黃三色。通道盡頭有座兩百餘階的木梯可下達海灘，這才看清楚這一帶都屬於斷層地帶，南邊有道低矮的帶狀岩延伸入海是為鰻魚岩（Eel Rock），和它面對面獨立於海中的小岩石是海豹岩（Seal Rock），從步道所在平台上亦可清楚俯視二岩，平台邊緣上有些許白花綻放是我從未見過的海灘草莓花（Beach Strawberry），五瓣略尖花瓣配以黃色花心，花朵不大但顏色亮麗。原住民食用其醬果，並用它的葉子泡茶喝。不知何時這醬果被引至歐洲，與東海岸草莓交配生產出今日的商用草莓。

一走進科威爾－普里西瑪步道便被眼前的黃色花海震懾住，濃淡深淺不同的黃花正如波浪前仆後繼的湧入眼簾，原以為這是一片芥花田，走進細看才發現這是原產於南非的百慕達奶油花，適生於地中海形氣候，生命力極強在加州沿海地區廣為繁殖。植物無毒但有酸味，南非人以之入菜，也是製作草酸的來源，黃色花瓣則可用作黃色染料。

五瓣單瓣花朵平面張開成直徑約吋半的圓形，通體黃色，造型簡單，但顏色十分嬌嫩，充滿了青春氣息，令人精神愉悅。三瓣心形合成的葉片，神似三葉草，非常有立體感和觀賞性。全株高約一呎左右，輕易能夠覆蓋地面。

在靠近第一座小橋的海岸處，散佈著許多岩石和小島，是水獺、海豹、海獅和海鳥群聚的地方，當時在一狹長小島上正有多隻海豹在作日光浴。過橋之後黃花更形綿密，一直延伸到對面山坡上，在坡前形成一道金黃花堤，藍天上朵朵白雲浮沉，近處奶油花與芥花爭豔，深淺黃中難分高下。

跨過第二座小橋後黃花杳無蹤影，只見對面山頭一片金黃，立刻回頭，卻在一處懸崖邊發現一大叢蒙特律松樹，上面有許多橘黃色花絮似的東西，原來雌雄同株的松樹真的會開花，這橘黃色花絮便是雄花，而開在頂端的紫色球狀物便是雌花，讓久居中西部的我大開眼界。

對面山頭的那片金黃來自阿科皮農場（Iacopi Farms）的芥花田（Mustard Field），此處背山面海可說得天獨厚，每年春天芥花瘋長，雖有「私人產業，不得入內」的告示，仍擋不住大批遊客闖入並破壞網籬，遂於今年開始售票對外開放。本來覺得芥花隨處可見，是否值得買票入內（大人十元，小孩五元）？但一般所見均不及此處鮮豔茂密且占地廣大，只好乖乖買票進場。

芥花不同於奶油花的單花獨生，它是由無數細碎小花簇生成球密集生長，幾乎可以長到一人高，故而聲勢浩大，予人泅泳黃色花海的感覺。它的顏色不是奶油花那種誘人食慾的奶油黃，而是不可逼視的皇家黃。妙的是奶油花沒有奶油的誘人香味，芥花卻有撲鼻香氣，因此歐洲人用它釀酒增加風味。葉子可作生菜沙拉進食，芥菜子可做芥末醬，全株更是農作物上好的天然肥料，可說通身是寶，絕非花瓶之流。

園內有一橫一直無花的T字形泥巴路供人行走，但還是有很多人喜歡鑽入花海一親芳澤，以至綿密的花海出現了一些裂痕，不過無損數大就是美。走到直路盡頭，黃花與背後青山平行向左右延伸，和藍天形成三道亮麗的色帶，直覺人生充滿了光明和希望，所有屬於庚子年的憂慮、恐懼、病痛和哀傷都已煙消雲散。

此處雖號稱芥花田，奶油花仍是不請自來，占據了北面山坡地，隔著一條泥巴路，奶油黃與皇家黃如楚河漢界般分明。除了奶油花，在面海這邊的芥花叢中，也有一些白粉紫的野花，這些侵入者的花朵都很小亦不夠緊密，在皇家黃的陰影之下很難有出頭天。南邊山前這一塊，少有破壞也沒有侵入者，長得格外茂密，燦爛奪目，將皇家黃發揮至極致。

芥花田美景如畫，可惜燦爛不足一春，因其通身是寶，說不定哪天便被農家全部割下當作肥料，有心賞花當趁早，莫待無花空折枝。

（二〇二一年四月四日，發表於《世界周刊》No.1933）

1 2
3
4 5

1.奶油花
2.松花
3.芥花田
4.支柱點港口的萬壽菊
5.芥花

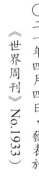

豔麗頑強的紅皮樹

去夏偶然在一份地方小報上看到一條消息，說是在東灣的地區公園內有一種很奇特的樹，名叫曼薩尼塔（Manzanita），它有光滑扭曲的紅色樹幹，姿態優美，觸感冰涼，這是我第一次聽說有紅色樹幹，自是大為好奇。

在網上遍查不著曼薩尼塔的中文譯名，只知此字源於西班牙文，意為蘋果，因其漿果很小故直譯為小蘋果，多生長在土壤貧瘠，乾旱的地方。葉子含有特別化學成分，美洲土著用它製成草藥可治療毒橡樹皮疹。將葉子嚼成泥狀，可敷治傷口並緩解疼痛。光是咀嚼葉子即可治癒諸如抽筋和疼痛之類的胃病，若咀嚼並吞食則可治療腹瀉和重感冒。綠色漿果成熟後變紅，可生食也可大量採收加以儲存，曬乾磨成粗粉可當成增稠劑或甜味劑來烹調食物，而以漿果製成的蘋果酒還有治療胃病和增進食慾的藥效。

總覺得這紅色枝幹似曾相識，翻找舊照終於在黑鑽石礦區保護區找到，只怪當時匆匆走過叢林循環步道，未曾留意也不知道路旁皆是曼薩尼塔樹。秋初舊地重遊，終於得見紅樹林的風采。

礦區海拔千餘呎，群巒起伏，叢林循環步道環繞其中一座砂岩小山頭，坡度不算太陡峭，只有小段路面已風化成沙，山坡上混生著曼薩尼塔樹、松樹和少許雜樹。曼薩尼塔樹多為常綠灌木且種類繁多，但在此處只有兩種，一種是普通曼薩尼塔（Common Manzanita，以下簡稱為普曼），另一種是暗黑神山所獨有的瀕危物種暗黑神山曼薩尼塔（Mount Diablo Manzanita，以下簡稱為暗曼）。

普曼根部枝幹較粗大且樹身高大如喬木，可高達十五呎，暗曼為木本灌木叢，身形較蓬鬆矮小，不過也可能高達十呎。二者最大的不同在於葉子，同為長矛狀卵形，長約吋許，只是普曼的蠟質綠葉兩側都生有氣孔，為能最大程度地保持水分和減少陽光照射，葉子多是垂直而非平行於地面。暗曼的葉片為銀綠色，基部深裂沒有葉柄而是直接緊貼在葉莖之上。

樹幹同為紅色，但因樹齡日照的不同而有橘紅、棗紅和紫紅之分，表皮光滑冰涼可謂冰肌玉骨。它不像一般樹木總保持著向上的站姿，每一棵樹都是隨著地形、地勢和風向的不同而扭曲盤旋，有的舞姿翩躚，有的醉態可掬，有的左右逢源，有的特立獨行，人生百態盡在其中。夾道而生的普曼，彼此勾肩搭背穿越時光隧道，步向不可知的未來。困於林中的灰幹紅枝既糾結於過去亦執著於現在，白髮紅顏的矛盾不言可喻。

有些樹幹上有著成行的捲曲小薄片，樣子很像木匠刨下的小小木花，非常新奇。原來在春末夏初，它和大多數木本植物一樣，舊樹皮會開始捲曲和緩慢脫落並生長出新樹皮，這脫皮過程可持續至秋季。新生樹皮原為綠色，經陽光曝曬後轉暗變色至橙紅之間，到了冬天便恢復飽滿光滑。

樹幹的紅色來自多種化合物，但主要是既有苦味又有毒性的丹寧酸，因此這紅色成了它的保護色，阻止了蟲鳥、真菌和寄生物的擾害。其實它的溫度和其他樹木一樣，只是它表皮薄而光滑，沒有一般粗厚樹皮的絕緣作用，況且手能與光滑的表面有更大面積的接觸，樹幹中的汁液遂能將身體的熱量很快吸走，自然會覺得觸手冰涼。

雖說是常綠植物，到了秋天葉子一樣會變色。普曼雖只有鮮綠與橘紅二色，但對比分明，十分搶眼。暗曼葉片重疊環生狀如盛開的複瓣花朵，造型美麗，色彩豐富，即連枯葉也是五顏六色，難怪是廣受歡迎的裝飾品。扁圓形生有白色細毛的果子只有黃豆大，多已乾萎呈暗紅色，但不難想像其珠圓玉潤的小蘋果風采。

其實紅樹皮並非曼薩尼塔所專有。不久前曾在加大植物園中遠遠看到一棵有著紅色枝幹的大樹，誤認為曼薩尼塔，卻是它的近親太平洋馬德隆（Pacific Madrone）。樹高幹粗，橢圓厚葉長約五吋，較曼薩尼塔吋許長的葉子大了許多，兼以螺旋形排列在葉莖上更顯其粗大。棕色鱗片狀樹幹仍在大條的脫皮，新生樹皮顏色介於磚紅與土黃之間，同樣觸手冰涼。樹上結滿串串橘紅色的渾圓醬果，顆粒較小蘋果略大，但不像它緊密簇生而是成串懸垂，質地亦較它粗糙結實，據說其味不佳，人類不食，卻是鳥類的重要食物。

另一讓我混淆的紅皮樹是草莓樹（Strawberry Tree），它是一種廣受歡迎的觀賞植物，起源於地中海，因其紅色果實如草莓大小，通常被稱為草莓樹，其實它粗糙帶有凹凸不平小刺的外貌，根本不像草莓，黃色果肉稠如果凍，亦不如草莓美味。它可為矮小的灌木或高大的喬木，附近公園內所見皆是根部粗大直立的大樹，枝幹上還殘留著大而捲曲的薄片，已完成脫皮的主幹則光滑平順，呈現粉紅顏色。蠟質葉片為前端略尖的橢圓形，邊緣有著細齒，顏色碧綠，紋理分明。一般花樹皆是春天開花秋天結果，而它卻能在秋天同時開花和結果。花莖和花柄皆長，懸垂成串，搖曳生姿。時值深秋樹上滿是串串粉紅和白色的鐘形小花及顆顆黃紅醬果，如此的珠環翠繞怕是只有「頭安金步搖，耳繫明月璫」差可比擬。

曼薩尼塔的花期是二月至四月，但唯恐錯過花開，二月伊始便每週勤往礦區山上跑，看著它抽出奇亞籽大的花芽，長成芝麻大的花苞，開出紅豆大的鐘形花。花莖和花柄都很短，不足以成串懸垂，即使二十幾多小花團聚成球也不過一顆荔枝大。論及花色暗曼多為淺粉紅，普曼則多為白色。

欣賞此花不能以尋常的賞花眼光去看，因為一路上此起彼落的花開花謝，不會有花滿山頭的時候，又因花朵實在太過細小，一眼望去只見滿樹白花花的星星點點不覺其妙，只有一球一球單賞，方覺「楚腰纖細掌中輕」。一般通稱它的花形為鐘形，我倒覺得它像甕口朝下的甕形，不過它的甕口有著波浪似的小花邊，甕身渾圓柔和，沒有任何釜鑿痕跡。暗曼含苞待放時面如桃花，盛開後紅暈漸淡；普曼膚如凝脂，始終白玉無瑕，恰似桃紅李白各擅勝場。至於太平洋馬德隆，由於花期未到，單憑剛剛冒出的細小花芽，還看不出它的花容月貌。

一直以為只有人類膚色才有黃白黑紅之分，但萬萬沒有想到植物樹皮顏色比人類膚色還要多。這紅皮樹應遠不止我所見過的這三種，卻已讓我驚豔不已，尤其是曼薩尼塔，盡其一生都在向砂岩爭地和強風抗爭，彎曲但不屈，掙扎卻頑強，即使枯乾而死也不過是一

身縞素而絕不倒地，誠如泰戈爾的詩句「生如夏花之絢爛，不凋不敗，妖冶如火；死如秋葉之靜美，不盛不亂，姿態如煙。」

（二〇二一年五月十三日，
發表於《世界日報》副刊）

1.特立獨行的紅皮樹
2.滿身木花
3.暗暈的花朵
4.普曼的花朵

粉紅情人角

平靜叢林市（Pacific Grove）位於蒙特律半島北端，離矽谷一小時車程，是人口不到兩萬人的加州小城。它以迷人的海灘、帝王蝶、多樣化的海洋生物、粉紅色冰草（Ice Plant）和美觀的建築物而聞名。近年來曾多次拜訪鄰近的蒙特律市和十七哩海岸（17-Mile Drive）卻總是與它擦肩而過，直到今年五月初為了一睹情人角（Lovers Point）的「魔術地毯」，這才踏入了這座小城。

情人角顧名思義應是情人約會的地點，實則不然。一八七五年，大衛・傑克斯（David Jacks）以爭議性手段，取得了該地區七千英畝（幾乎整個半島）的土地所有權。他將一百英畝土地捐贈給衛理公會主教教堂，以建立「基督教海濱度假勝地」。退休會曾在現今的珠寶公園（Jewell Park）內設立巨大的帳篷，以為期三週的禱告會開始，部分營址所在的岩石點當時被稱為「愛耶穌之人的聚會點」（Lovers of Jesus Point），現在則被稱為「情人角」。

沿著東西向的觀海大道駛入市區，第一個景點即是情人角公園，此處沒有停車場，只能在路邊停車。綠地平台下是情人角海灘，北邊亂石堆疊的岬角即為情人角，初見有些失望，但轉頭西望不禁大為驚豔，一道粉紅色的海岸線，彎月般沒入海中，顯得如此夢幻而又不真實。

狹長形的珀金斯公園，位於觀海大道和太平洋之間的斷崖上，頭尾是情人角公園和廣場公園。它是以當地居民海斯．珀金斯（Hayes Perkins）的名字命名的。他生於奧勒岡州，一九三八年在此市退休。他是位探險家曾在非洲生活長達二十二年之久，深諳南非冰草兼具美化環境和防止陡坡侵蝕的特性，率先除去濱海區域內的毒橡樹改種冰草。冰草葉面和莖上生有大量大型泡狀細胞，裡面滿是液體，在陽光反射下亮如冰晶，因此得名冰草，在春天盛開鮮豔的細小花朵，有如變魔術般替海岸線鋪上了一條粉紅地毯而贏得「魔術地毯」之名。

公園中有一條一哩長的黃沙步道，道旁及懸崖多被冰草覆蓋，間中散見燭台蘆薈、馬蹄蓮和其他花卉，只是花期已過，眼下只有冰草花一枝獨秀。冰草花很小，大約只有二十五美分硬幣大小，花似雛菊，花瓣細長繁多，黃色花心和白色花絲在陽光下閃耀如金絲銀線，放眼望去整片花海真的晶瑩光亮如水晶。這密密麻麻的花朵如同打翻了顏料缸，將粉紅顏料灑滿這半月峽灣，無論岩縫、台階、窪地、低處或斜坡皆被浸染成粉紅色，只是深淺濃淡各有不同，其中不乏純情的淺粉，浪漫的粉紅，熱情的桃紅更有豔麗的紫紅。

轉過半月峽灣是另一較為寬闊的岬角，公路在此九十度左拐，往前縱看宛如一條粉紅花毯直鋪到海平線，只等穿著白色婚紗的新人在此山盟海誓。若面對大海橫看，頓成長軸粉紅畫卷，藍天、碧海、黃色沙徑和粉紅花毯由遠而近，層次色彩對比分明，極富視覺美感。雖然長椅上少了依偎的情侶，仍不失其詩情畫意，還吸引了很多黑綠發亮的海鳥前來覓食。美中不足的是東方同胞喜涉花叢，屢屢跨越圍繩，坐於花海之中，甚至不顧旁人搔首弄姿的忘情拍照。

觀海停車場是珀金斯公園內的唯一停車場，但車位不多，不過目前尚未全面開放，遊客不及往年多，路邊停車問題不大。此處面海人家多在門前廣植冰草，與公園冰草前呼後應，得天獨厚的坐擁廣大的粉紅花園。停車場附近多峭壁，上面細水長流般蔓生著冰草花，形成獨特的粉紅瀑布景觀。

再往前行海岸線更加彎曲凹凸，冰草花覆滿斷層邊緣的陡坡，宛如一道蜿蜒的粉紅花堤，引人深入忘返。這一帶波濤洶湧，時見層層浪花翻滾而來，替粉紅花堤鑲上一道白色花邊，使得景色更加迷人，坐在長凳上聽濤觀浪兼賞花，實乃浮生樂事。

這一路行來除了賞花，岸邊海中的懸崖峭壁、岩島和礁石都值得細細觀賞。發揮各人想像力，我在其中看到了五趾分明的「玉足岩」，昂首戲水的「海豹岩」，趴著打瞌睡的「凱蒂貓岩」，以假亂真的「人面獅身岩」和滿臉皺紋的「癩皮狗岩」。不過真正有名的是一座岩石拱門，它看起來就像是兩張臉在接吻而被稱作「接吻岩」（The Kissing Rock），縱使海浪鋪天蓋地而來，但兩情相悅，始終長吻不已。

過了廣場公園景物一變，粉紅冰草驀地沒了蹤影，代之而起的是疏疏落落的照波花，它不像冰草花獨沽一味粉紅，而是黃白紫多色混雜。離「接吻岩」不遠處是名歌星約翰．丹佛的空難地點，在其附近豎有一塊紀念碑。由此南下千餘呎便是皮諾斯點燈塔（Point Pinos Lighthouse）的所在地，它始建於一八五五年是此市地標也是美國西海岸上最古老的燈塔，至今仍在運轉，原始鏡片亦完好無損，內部展品包括十九世紀和二十世紀燈塔管理員使用的家具，可惜在疫情期間暫時關閉，無法入內參觀。

回到觀海大道續往西行，岸邊佈散著大小岩島及石堆，但不知何處是地圖上標示的「心形岩」（Heart Shaped Rock-Love Rock），更不知它是因何得名的。時近黃昏開始漲潮，風高浪急，不敢涉水攀登岩島，只在石灘上走了一陣子，看不出哪個岩島像心形，卻在亂石堆中看到一塊岩石略似心形就權當它是「心形岩」吧！意外的是往南回望，皮諾斯點燈塔赫然在望。

回程到城中珠寶公園轉了一圈，公園很小，草地上只有一座涼亭和一些小吃攤位，周圍民宅建築風格各異，從羅馬式到哥德式再到維多利亞時代式都有，人們悠閒的吃喝聊天，絲毫不受疫情影響，時空亦似在此停格，我們雖萬般不捨這粉紅情人角卻不得不揮手告別，期待著明春再見隔年期。

（二〇二一年五月二十三日，發表於《世界周刊》NO.1940）

1
2 | 3

1.魔術地毯
2.玉足岩
3.接吻岩

漫步薰衣草紫海

久聞普羅旺斯薰衣草田美如幻境，但法國太遠，疫情期間只能是個遙不可及的夢想，遂退而求其次，發現灣區附近還是有一些薰衣草田可賞，規模雖小，也算是聊勝於無。

六月下旬首先拜訪了占地六英畝的「阿拉塞利農場」（Araceli Farms），它位於離加州首府沙加緬度西南方二十餘哩處的狄克遜市（Dixon），需事先上網預約購票才能入內參觀和採購。我們對薰衣草和其產品所知不多，遂選了下午五點半至七點半的時段純粹賞花，五元一張的門票還算公道。

五點剛過我們提早到達，工作人員友善放行，事後亦無人清場。停車場很大，不怕找不到停車位。裡面有小店販賣精油、乾燥花、香皂等薰衣草相關產品，還有小吃攤供應簡單吃食及飲料，最重要的是有流動廁所，設想尚稱周到。

農場種植有七種薰衣草，現在盛開的是格羅索（Grosso），個頭比其他種類大了許多，每一叢都蓬鬆呈半球體狀，直徑約有三呎，差不多有半人高。行與行的距離很大，方便遊人賞花，但叢與叢卻是密集而生的，遠看則略顯鬆散。穗狀紫花開於頂端，與下面的綠色窄葉對比分明，形成一道道紫綠相間的優美弧線，若從斜角觀之，則如把把相連的紫邊綠扇，上演著迷人的扇子舞。可惜沒有山巒叢林或古堡作為陪襯背景，場地顯得太過空曠平坦，而且花色紫中泛白已近遲暮，不日便將收割，難以煥發出紫色應有的浪漫唯美。

據說北加州最夢幻的薰衣草田是「加州的蒙特貝拉里亞」（Monte-Bellaria di California），這個名字源自義大利語，意為「空氣美好之山」，因為下午有霧風從北加州海岸吹來，淨化空氣並橫掃下面的山谷和薰衣草田。

因受疫情影響，同樣需要上網預約購票，門票大人二十元兒童十元，每七十五分鐘只允許二十五人入內參觀。它位於我們從未聽說過的塞瓦斯托波爾市（Sebastopol）內，離舊金山約一個多小時車程。由於路徑不熟又怕國慶日會塞車，結果我們早到了一個多小時，入口山徑僅容一輛車通行且有小姐把關，無處暫停暫歇，她建議我們到五哩外的小店喝咖啡等候。

十一點半開車排隊入場，穿過一條小徑，眼前景色豁然開朗，原來農場位於一個狹長的小山谷之內，停車場大概只容得下二十餘輛車，難怪要嚴格限制入場人數。面對停車場的是一片平緩的山坡，上面滿植薰衣草，青春年少的粉紫色籠罩整片山坡，在藍天白雲和遠山的襯托下美得如夢似幻，立刻吸引了我的視線。

山坡並不高大，橫向延伸。共有四條上下坡道，將花田分隔成三大區塊，坡道旁置有木製平台以供拍照，嚴禁遊人踏入花田。花間行距很小，種植密集，由下仰視如紫線刺繡，針腳綿密細緻。從上俯視，似紫波盪漾，節奏舒緩有度。對面兩個斜坡上，一邊是行列整齊的葡萄園，一邊是四方連續的菱形菜圃，兩種綠色幾何圖案介於藍天和紫海之間，而業主豪宅正位於中心點，可謂匠心獨運，美景天成。

中途有十五分鐘的導遊講解，聚在一起後這才發現大夥都是東方人，而且全部自動戴口罩。不好的是有一兩位美女趁導遊講解之際，私自闖入花叢拍照，被導遊厲聲喝退。

此地種植的薰衣草都是法國最常見的品種，即英國薰衣草和葡萄牙薰衣草的混合種，也就是兩種最常見的雜交品種：普羅旺斯和格羅索，主要用來生產薰衣草精油（Lavender Essential Oil）和純露（Lavender Hydrosol）。蒸餾薰衣草除了使用來自俄羅斯河（Russian River）的純水外還需使用銅製蒸餾器，若用不鏽鋼器皿會產生很難消除類似硫磺的氣味。通常每十五加侖薰衣草花蕾，可生產約二點五盎司的精油和約一夸脫的純露。七月薰衣草風華正茂，花色濃淡適中，是賞花的最好時候，八月花朵成熟，花色由紫轉灰，且隨時會被收割，雖然花容失色但花香迷人，其味不及玫瑰濃烈，不如百合清淡，卻有回味無窮，為薰衣草愛護者深喜。

蜜蜂是傳遞花粉不可少的功臣，在蒸餾房外的草地上有一截半人高的枯樹幹，其上有一鐘形物，幹頂覆著一把枯乾的薰衣草花莖，看似稻草人，卻原來是蜂后的皇宮，共養有兩萬隻蜜蜂。農場只收取蜂群繁衍所不需要的蜂蠟和適量的蜂蜜，出售薰衣草單花所產的生蜂蜜。

走到花田邊緣縱向觀看，這才看出花田其實是行列分明的，條條紫色長龍正奔向無際的藍天。同時也看出區塊顏色有著深淺之分，也許深的是格羅索，淺的是普羅旺斯。靠近尾端不再是直線前行，而是曲線蛇行，最最邊緣的區塊已經收割，黃土地上留下道道收割弧線，這黃紫二色條紋，構成另一幅耐看的美麗圖畫，讓人留連忘返。

回程經過酒鄉聖羅莎市（Santa Rosa），想起幾年前參觀過的聖羅莎馬坦薩斯溪酒莊（Matanzas Creek Winery），除了葡萄酒外，它還以其壯觀的薰衣草花園而聞名。酒莊創立於一九七七年，離舊金山約一個多小時車程。非預約不能隨便入內，品酒遊園每人三十元，純粹遊園每人十元。品酒預約早已額滿，純粹遊園則隨我們挑選時段。

這次我們又到早了，繞場一周看不到任何工作人員，遮陽傘和樹蔭下坐滿了一杯在手的酒客，花園門口不像從前有彩色氣球裝飾，亦無人把關收票，自然也沒了參觀時間限制。

酒莊依山而建，為了保護當地生態環境於一九九一年在莊前開闢了梯田式薰衣草花園。一旦薰衣草盛開，它就會被手工切割，用於生產沐浴、護膚和家居產品。花園旁有一個小小的倉房，裡面有一把把薰衣草正倒掛在木架上陰乾。

從酒莊往下望去，風華正茂的花園，以孔雀開屏之姿迎接賓客，那濃烈的紫賽過杯中的紅葡萄酒，只差那醺人的香味。四周難得有青山環繞，遠處的葡萄園，縱橫如阡陌，替花園平添了恬靜的田園氣息。

步下台階，沒入紫海，眼光追逐著眼前淺紫深紫交替的波紋，心神卻飛越到緣慳一面的普羅旺斯，不知那兒的紫海是否更加明亮動人？那兒的情侶是否更加羅曼蒂克？

花園前面和葡萄園之間的空地，原來也滿植薰衣草，可能受疫情影響，現已多處荒蕪。花園占地並不廣，但從園口一眼望去，不僅花叢左右對稱，背後亦有雙峰屏障，梯田般的花園還是很可觀的，尤其那一片紫讓人未飲先醉，難怪此處深受情侶和酒客的歡迎。

1.Monte-Bellaria di California
2.薰衣草倉房
3.蜂后宮

薰衣草先是翠綠如草，花開後由淺紫而深紫，最後變為灰白，但它從不擔心美人白頭會色衰愛弛，因為它的香味如酒，越陳越香，即連乾燥花也為人所喜愛，它的紫色魅力更是無法可擋。

（二〇二一年七月二十五日，發表於《世界周刊》No.1949）

照影寫閒情

小時候照相是大事，因為家裡沒有照相機只能去照相館照，僅有的兩三張黑白照好像都是為了申請證件才照的，而我每次都老大不高興要走好遠的路去照相館任人擺佈，這幾張證照便留下了我氣鼓鼓的兒時模樣。

白衣黑裙時代偶而借用人家的相機，勉強有了幾張青澀的生活照。大學時雖已進入彩照時代，但拍照和洗照片仍屬奢侈品，直到大三暑假，二姊留美前夕，才到巷口小照相館照了一張彩色全家福，母親視之如珍寶。

我們在紐約結婚時人生地不熟加以手頭拮据，請不起人拍婚紗照。先生的一位中東同學自告奮勇全程拍攝，結果洗出來的照片不是臉面模糊便是缺胳膊少腿，好像我們從未舉行過婚禮。

婚後先生痛定思痛買了一台中價位的單眼相機，自己摸索拍照。每有聚會活動或是親友來訪，他便背起那箱笨重的相機器材，不時替換長短鏡頭、調整焦距光圈或閃一下鎂光燈，煞有其事的咔嚓不停，不知情的以為他真有兩把刷子，爭相要他拍照，他是來者不拒，往往照片一洗出來都遍尋不著自己老婆的身影。

沖洗、加洗和分送照片都是麻煩事，最頭痛的是如何保存照片，開始時還趁著減價買些照相簿擺放，偶而寫幾個字標示時間地點，後來照片越來越多，大多是匆匆看過一眼便隨手往抽屜一塞，日後根本分不清是何時何地照的，有時甚至看不出是誰。然而有些人家並非如此，整齊劃一的相簿如百科全書般一字排開，隨時任人翻閱。

有一位仁兄不管是何人何時何事到他家，一定要搬出幾大本老相簿，名人合影固要詳加解說，對舊情人的照片更是津津樂道，直視眼前太座於無物，眾人聽多了但不好意思打斷，於是紛紛尿遁。

另有些人則是隨身攜帶一疊旅遊照片，逢人就要掏出來獻寶一番。在觀光旅遊尚不普及的年代，出國旅遊照自是惹人豔羨。至於那些祖字輩的人，則是左一張孫子右一張孫女照片掏不完，我家兒女尚未婚嫁，遑論孫輩，對這些陌生的嬰幼兒照自是難起共鳴。

我對機械向無興趣，總覺得攝影是門高深的學問，焦距光圈都不是我這簡單的頭腦所能掌控的，從來不敢碰先生的寶貝相機，他也一直以家庭攝影師自居。直到我臨老失業在家，兒子不忍見我日日坐困愁城，送了我一台袖珍型的傻瓜照相機，這才打開了我的新視野。

人說眼見為真，但透過鏡頭，一切都變得似幻似真，原本不起眼的閒花野草可以美若天仙，一些俊男美女卻有可能因不上照而變得平庸。一機在手再平常的風景都變得生動起來，例行的散步亦不嫌單調無聊，途中還可以和先生搶鏡頭一較高下，若是再能從照片中衍生出一篇文章來，那種快感更是始料所不及的。

兩次替女兒坐月子，那台傻瓜照相機都派上了大用場，電子存照不怕浪費底片，也沒有沖洗加洗的問題，我用鏡頭捕捉了貝比所有的一顰一笑，即使那天使容顏讓人百看不厭，我還是沒有隨身攜帶照片的習慣。常年替我剪髮的韓裔美女得知我當了外婆後，每次剪髮都要笑著問我有沒有帶貝比照片來給她看，我也總是抱歉的說沒有。

搬來加州前最後一次剪髮，我們照例一問一答，沒想到她這次說出了實話。原來她的客戶多是老年人，每次前來剪髮總要掏出孫輩照片向她炫耀，基於禮貌無論貝比可愛與否她都會極力稱讚，年過半百仍小姑獨處的她，真是情何以堪？況且她在韓國也有一大群誇不完的侄子姪女。接著她說起在韓國的老人們也是如此，先是大家敷衍了事，接著謝絕觀賞，最後甚至花錢請人看照片也無人搭理。

女兒生小三時我終於有了蘋果手機，照相功能和效果都較那台傻瓜照相機為佳，攜帶方便且能拍影片和全景圖，將視野推至嶄新境界，又因和女兒家住得近見面機會多，小三的照片和影片都較兩個姊姊多得多，完整記錄了她由趴而坐而爬而走的嬰兒時期。

自從當了外婆我才對那些老年人的行為漸能理解。有些人自己事業有成，子女優秀，一直都是人生勝利組，到了孫輩當然只能更好不能輸，無論學業、舞蹈、音樂、繪畫或運動若不秀出得獎照片，別人怎能知道他的孫輩是青出於藍而更勝於藍？

有些人單身獨居，兒孫遠在千里之外，一年難得見一兩次面，老人家不上電腦，不玩手機，寂寞難耐，唯一的慰藉便是這傳統的照片，也許孫輩並不出色可愛，但因血濃於水，看在親人眼裡都是好的美的，恨不得與所有人分享他的驕傲。

近年來全民瘋旅遊，在所有熱門景點人人掏出手機拍照，常常不見風景只見一排排的手機，尤有甚者自拍桿子插滿畫面，最煞風景的是正拍得高興時手機沒電或儲存量爆滿。不過沒關係，各種充電器應運而生，雲端空間無限加大，手機更可以一年一換，美景、美食、美服、美鞋等等美照，藉著簡訊、微信、臉書、推特、部落格和電郵無遠弗屆，於是拍照與曬照互為因果，沉迷其中的大有人在，癮頭較大的便成了達人。

我乃臥遊一族，無能也無意成為達人，自然也不會一年一換手機。門前有山無水，日日漫步其中，朝暉夕陰，說不上氣象萬千，倒也雲淡風輕，悠然自得，隨手一拍的不是風景而是心情。立於山巔總想將天地之美盡收鏡底，回到山下又想將方寸之心放諸天地，但願這一收一放之間只寫滿閒情二字。

（二〇二〇年六月三十日，發表於《世界日報》副刊）

世情如謎

買房如相親

買房子對升斗小民來說從來都不是件容易的事，尤其是想要買到理想的退休房子就如同相親，除了靠媒人撮合及相互對眼外還需一點緣分才能好事得諧。

在密西根一住近四十年，對那兒的冰雪風霜早已深惡痛絕，一心想要找一個不下雪的地方退休養老。動念時單身的兒子剛到北加州工作，內陸偏遠小城並不適合我們養老，而女兒婚後定居的風城芝加哥，冬天比密西根還糟糕，不去也罷。

既然無法與兒女靠近，我們便在加州灣區、洛杉磯和聖地牙哥之間往來尋覓，前後看了幾十間老房子皆是徒勞往返，因為漂亮的新房子一如名門閨秀，我們沒有足夠的財力量珠以聘；風華正茂的二手屋眾人趨之若鶩，難獲佳人青睞；稍具姿色的舊屋一樣追求者眾，無從一親芳澤；唯有人老珠黃的老屋願作商人婦，然而羅敷有意而使君無情。

房地產經紀人恰如媒人，個個能言善道，將每一棟房子都誇成了天人，只有說不盡的優點而無任何缺陷。相親多了，估量自己身家和對方條件，只能將標準一降再降，雖是高不成低不就，不過還是有一見鍾情的時候。

在洛杉磯看了許多舊房子皆不滿意，經紀人保證我們會喜歡一處新房子。我們人生地不熟亦搞不清楚新社區究竟在何處，只見經紀人在鄉間小路左彎右拐，一路上多是農田還有一些養牛場，尚無城市雛形。

建商辦公室內陳設的社區規劃及模型圖確是十分吸引人，樣板屋亦是我們喜歡的紅瓦白牆西班牙式平房，裡面設備新穎，寬敞明亮，開放式的大廚房更是深獲我心，而售價竟然遠低於那些老舊的房子，當下見獵心喜，選了一塊預建地，準備次日簽約交訂金。

預建地前面是一小片保留地，其後有一道圍牆不知裡面是什麼，看不到建築物但有一些探照燈似的東西，還隱約聽到擴音器的聲音，經紀人和建商具皆含糊其辭的說那是早已廢棄的青少年感化院，不久即將拆遷。心下狐疑到市政府一打聽，竟然是現行加州男子監獄而且從無拆遷計畫。拆穿丫鬟代嫁的把戲，能不興味索然？

後因兒子換工作搬到了全美天氣最好的聖地牙哥，於是決定到那碰碰運氣。幾經周折在網上看中一間舊屋，雖非平房但主臥在樓下，後院是美麗的高爾夫球場，如此景觀要價卻不似密州驚人，唯恐他人捷足先登顧不上安排相親，我們直接投標且一舉得標。

飛去看了房子，和網上所見相差無幾，經紀人頻讚環境清幽適合我寫作，在她的美言下我們糊里糊塗的付了訂金簽了合約。

次日我們自己開車到附近繞了幾圈，不禁倒抽一口冷氣，原來這只是一個度假村，居民皆為白人，村內整潔美觀，村外一片荒涼連個麥當勞都沒有，超市、銀行和加油站等最基本的民生設施都遠在好幾哩外，這不是我們以為的尋常村姑而是在荒山野地修行的道姑，凡夫俗子焉能匹配？

經此打擊我們死了心準備終老密西根，女兒卻於此時搬家亞特蘭大。亞城從未去過，聽說冬天偶有小雪但夏天潮溼酷熱似乎不適合養老。幾次南下探孫後觀念漸改，打算靠近女兒含飴弄孫。

皇天不負苦心人我們排隊多時搶購到了一塊坐北朝南的預建地，後面是小山坡沒有後鄰干擾，主臥在樓下，面積較我們現住的房子略小但屋高窗多，寬敞明亮，房價與寒舍市價相當，到時只要賣了寒舍便能付清房貸高枕無憂的過日子。

前年二月新居落成，我開始構思室內裝潢和添置家具，先生則計畫在山坡上開花壇種果樹，只等七月先生退休便能開始美好的退休生活。五月中旬如願賣掉了寒舍，豈料次日女兒的一通電話打亂了全盤計畫。

原來女婿剛剛接到加州藥廠的聘書，決定搬家灣區，兒子亦隨之跟進，我們不得不將新居出租，萬想不到與這位清秀佳人尚未圓房即成陌路。

為了家人團聚只好再度到灣區覓屋。時隔數年因蘋果總部的興建，房價水漲船高，真正是一家有女百家求，而且個個素顏朝天（房子不修不補更不翻新裝潢），聘金彩禮競相加碼不說，有的屋主還要求面試或修書一封毛遂自薦。

我們賣房所得在矽谷未必買得起一間車房，即使在內陸偏遠地區亦至多能買得起半棟老舊小屋，看來再無相親條件，只要是個女的就成。

因此當我們看到歡樂丘市那棟平房時驚為天人。坐北朝南位於圓環之內，後院居高臨下沒有鄰居，大小兩個花園不僅花木扶疏，還有加州少見的綠草坪。廳堂高挑，四面都是落地窗，格局採光截然不同於一般矮小老屋。

當機立斷加價一萬五拔得頭籌，經紀人認為屋主要價過高而我們還再加碼應是勝券在握，在東灣苦等三日屋主告知仍將公開競標，我們只好倖倖然飛返密州。

一週後剩下我們與另一家競標，屋主堅持不做任何修補工作但暗示我們再加碼，偏偏我們這位經紀人認定房價不值，儘管我們願意加碼她仍堅守原價，連標三次我們終是敗下陣來。

不甘心佳人琵琶別抱，我們期待買方貸款不過我們可以遞補，結果還是有緣無分，於是換了經紀人盼能擦出不同火花。在網上看到一棟重新裝潢過的半百老屋，照片差強人意，遂央求兒女代為相親，出乎意料竟被年輕人相中了。不願在密州多過一個寒冬同時也別無選擇，匆匆下聘，相親成功也因而背負了大筆房貸。

搬入後仍念念不忘那位有緣無分的佳人，幾度徘徊門外，這才看清楚周遭環境，既靠近小飛機場噪音多，又離煉油廠不遠空氣不好，佳人恰似一朵鮮花插在牛糞上，大大違背了買房的金科玉律「寧可在好區買一棟爛房子，也不要在壞區買一棟好房子」，可笑我們竟然錯怪了那位有良心的媒人。

回頭再看眼前的整容老婦，雖非天生麗質倒也平頭整臉。超市、銀行、郵局等均步行可達；門前有青山，步道四通八達；兒女相去不遠，見面容易，守著陽光守著親人，就像從小訂親的父母，被那根看不見的紅線拴住，一拴就是一輩子，緣分不可說，情分卻是相濡以沫的。

（二〇一七年十一月二十五日，發表於《世界日報》副刊）

野火燒到家門口

今春由五號公路北上奧勒岡州時曾經路過瑞定市（Redding），因此分外關注源於瑞定市西北部的「卡爾大火」（Carr Fire）。這場始於七月二十三日的大火，半個多月來延燒面積高達十餘萬英畝，已奪走七條人命其中包括一家祖孫三人，毀損千餘棟建築物，數千人無家可歸，但截自目前為止只有百分之四十八的火勢被控制住，近日來連東灣的天空都是灰濛濛的，空氣亦不太清新。

這場大火肇因於二九九高速公路上的汽車故障，原本只是一場尋常小火，卻因氣候極度乾熱一發而不可收拾，造成加州史上的第六大山火，由於四周地形陡峭，多易燃的枯樹乾草，風向飄流不定，致使滅火工作分外困難。

與此同時加州共有十幾起山火，這幾天舊金山以北的「複合大火」（Complex Fire）更是後來居上，焚燒面積已逾三十萬英畝比整個洛杉磯市還大，一躍而成加州史上的最大山火，然而只有百分之四十七的火勢被控制住。優勝美地國家公園因其西邊的福格森大火（Ferguson Fire）導致大部分公園關閉，位於其北的太浩湖則受「卡爾大火」影響，濃煙瀰漫，遊人卻步。加州山火地區已被列為重大災區，救災投入的人力物力不計其數，效果卻不如理想，前景令人堪憂。

以往山火多發於人煙不密的荒郊野外，但隨著人口膨脹和城市擴張，荒野和城鎮的分界日漸模糊。像我們在東灣的居所即鄰近石灰嶺野地（Lime Ridge Open Space），步行幾分鐘便能上山，山雖不高但四周涵蓋面積近兩千英畝。山上鮮少樹木，多是及膝野草，又是沙漠型氣候，晝夜溫差大，夏天高溫乾旱，滴雨皆無，整個野地一片枯黃，人稱「黃山」。

兩年前剛搬來時正逢雨季，到處綠油油的不覺有異，等到夏天再看，不禁倒抽一口冷氣，每一根枯草皆如火柴棒，好像隨時會不點自燃，附近民房均為木造房子，只要星星之火足可燎原。當時還不知山火的可怕，只想到萬一有恐怖分子來襲，不費一彈一卒即能毀屋傷人無數。

不想六月底此處竟遭了山火。一輛柴油載貨卡車在進入附近的一個社區入口時冒出了火花，隨即飄向乾燥的山坡，引起山火焚燒，好在消防站就在附近，馬上實行交通管制並讓附近兩個社區的居民撤離，出動直升機由空中灑水救火。

失火地點離我們家不到五哩，和女兒所住社區僅有一街之隔。站在我家門口可看到升起的濃煙，亦可聞到些許煙味，不能不擔心這火是否會一路燒過街？如果真的燒過來了該怎麼辦？

好在溫度雖高但風勢不強，更沒有隨機亂飄，而是向著沒有房屋建築的一面吹去，一個週末便完全控制了火勢，沒有死傷亦未毀損任何建築物，真是不幸中的大幸。

事後我們特別繞道現場觀看，馬路兩邊一黃一黑，形成強烈對比，山上原本空曠，眼下焦土更添荒涼，那些小動物亦不知逃竄何處？再往前細看，有些地方根本已燒到馬路路肩，如果風勢再強一點，或是轉向吹過馬路，那後果真是不堪設想。

回顧近來所有山火新聞，起火原因多為人為疏失而非天然災害。撤離的通知時間因時因地而異，有幾小時的也有幾十分鐘的，慌亂中又能帶走什麼家當？即使能帶走一些家當，也有可能一旦撤離便再也無家可回，思之淒然。至於那些在高溫濃煙中出生入死的消防隊員，其英勇實不下於守疆衛士的戰士。

在加州住久的人個個老神在在，對地震和山火皆處變不驚，只有我們這些剛從外州新來乍到的人大驚小怪，老想著要準備個逃難包，帶上重要文件及幾件換洗衣服，才不至臨時落荒而逃。

天災不可測，但人為的疏失是可盡量避免的，譬如增加隔離區、防火巷，適時修剪路邊野草，小心處理廢棄物、枯枝乾草和電線線路等，「天乾物燥，小心火燭」這句老掉牙的戲詞更是發人深省，因為「野火燒不盡，春風吹又生」。

（二〇一八年八月十九日，發表於《世界周刊》No.1796）

和動物打交道

在台時從未見過松鼠，對牠的所有印象均來自卡通影片，以為牠活潑可愛又善解人意，直到搬入密西根新建的社區後才看清楚牠的廬山真面目。

屋後是半邊樹林半邊空地，遠處可見鹿群出沒。數棵高大橡樹和核桃樹覆蓋陽台，松鼠經常往來其間，偶而也有野兔出現，景緻和卡通影片所見相差無幾。可惜好景不常，屋頂夾層中不時發出怪聲，尤其半夜的咕咚一聲還以為是狐仙飄洋過海到了美國。

困擾多年卻找不出原因，直到一晚我打開主臥浴室盥洗台下的櫃門，赫然發現裡面滿是扯碎的絕緣玻璃纖維，先生順藤摸瓜，在一樓屋簷與二樓磚牆接縫處的腐爛木板上找到一個被咬開的小洞，早晚守望多日終於親眼目睹有松鼠鑽進鑽出，這才明白有秋收冬藏習慣的松鼠將這夾層當成了儲糧所，半夜聽到的皆是松鼠足音和核桃滾動的聲音而非狐仙作怪。

找來捕獸專家說是可在屋頂安放捕鼠籠，然後按隻計酬，可是屋外松鼠無數，誰知道抓到的是屋外的還是室內的？先生只好自己想辦法，首先在洞門安裝機關只能出不能進，再於浴室內安放以起司為餌的捕鼠籠。松鼠通常早出晚歸，接連幾天聽到回不了家的大松鼠在樹上哀鳴，裡面的小松鼠則受不了誘惑先後鑽進了捕鼠籠。

此地保護動物法律嚴格，捕到的松鼠不能任意處置，須開車數哩送到野外放生，希望牠們回歸自然建立新家，千萬別再惦念我家的舊窩。

以為從此可以和松鼠相安無事，豈料前院的水蜜桃引發更多的人鼠大戰。這是從加州引進的真正中國水蜜桃種，要在寒帶存活十分不易，先生終年忙著疏果、殺蟲、施肥、澆水、修枝和對付捲葉症，往往未及嚐鮮即被松鼠竊食一空。

試過用鋁箔皮包裹樹幹和鐵絲網圈圍，牠照爬不誤；用紙袋包裹桃子，牠視如無物；用尼龍網佈下天羅地網，牠一樣來去自如；斬斷低枝，牠一個縱躍能上樹頂；擺放捕鼠籠，牠從不上當。有一年還被我們逮個正著，端坐樹椏大啖水蜜桃，見我們走近才騰空一躍鑽出樹頂尼龍網空隙。

松鼠已然對付不了，還有鼴鼠（Mole）神出鬼沒，草皮上留下一道道隆起的犁溝十分難看，既找不到牠的來處更不知牠的去處，無法捕捉亦不能下藥，傷透了腦筋。另有肥碩的土撥鼠（Marmot）咬壞木柵欄，在我家陽台下掘出冬眠窩穴，以致地下室多年漏水而不明其因。

相較之下只有鹿群留給我溫馨的印象，因為華人原視鹿為祥瑞之物，尤其是在漫漫長冬，一片灰白之中忽見母鹿帶著鹿寶寶出來覓食，蕭瑟的天地霎時有了靈動之氣，我經常手拿相機守在窗前，捕捉牠們的款款身影，有時剛巧打書窗前經過，還能四目交會。晨起雪地上留下的一行行足印，頗有詩情畫意。

但在友人口中鹿亦非善類，專吃菜園內的嫩葉和花園中的嫩蕊。晚上開車碰到忽然竄出的鹿隻，一個閃避不及便是血肉模糊的慘景，若是碩大的公鹿車頭還會被撞壞。女婿即曾在騎單車下坡時被鹿撞倒，傷了小腿及手臂。不過在公路上被車撞死的動物也時有所見，不知該向誰喊冤去？

知更鳥是密西根州鳥，住家附近成群結隊，春來冬去，早晚歌聲不斷，偶而會在後院大樹上築巢。有一年居然在廚房前排水管上端轉折處築巢，進出廚房都能看得見，這讓賦閒在家的我大感興趣。

鳥窩以乾草、樹枝和泥巴築成，體積很小，形狀邋遢，裡面有三枚小小的鳥蛋，母鳥孵蛋時公鳥經常在附近警戒守護，以防貓、狗、蛇、鷹和松鼠的偷襲。不久看到三張小嘴朝天乞食，母鳥往返餵食的鏡頭，深感鳥類的舐犢情深與人類無異，其後的雛鳥試飛和嬰兒學步如出一轍，等到牠們舉家南飛時，空巢的失落感再次襲上心頭。

兩年多前搬到北加，自然景觀及天氣都和密州大不相同，日常生活中遇到的動物亦不相同。地小人稠加以家家戶戶有籬巴圈離，社區很少有野生動物闖入，但路旁隨時會有小蜥蜴竄出，草多的地方經常有蛇出沒，不是密州後院所見無毒的小蛇，而是有毒的響尾蛇！幾次在門前山上步道遇見牠，傻傻的站立不動居然有驚無險。

有一次我和先生手持登山棍登山，不顧草深及膝，打算一前一後攀上一個無路可通的小山坡。豈料行至半途，一條黑白分明的雨傘節橫亙在我腳前，嚇得我雙腿發軟，又不敢出聲叫喚前面的先生，也幸虧我反應遲鈍才沒有打草驚蛇，這驚心動魄的一幕至今難忘。

萬想不到更驚險的一幕還在後面。去年春末我們首次拜訪紅杉和國王峽谷國家公園，沿著一八〇號公路一路玩到了路盡頭（Roads End）。停車場上停滿了車，遊人不知去向。放眼望去盡是巨岩叢林，透著原始況味，循著眼前步道來到河邊，對岸怪石嶙峋，想去探幽訪勝苦於無橋可過，於是回頭彎進林中小路，希望有路連接對岸，結果卻是死路一條，往回走不久，一抬頭發現右邊斜坡樹林中有一隻直立的小黑熊正用炯炯雙目瞪著我。

這一驚非同小可，急忙拉住先生站定。牠的模樣十分可愛，可惜不是卡通影片中的熊寶寶，而是活生生會攻擊人的小黑熊。許多黑熊傷人的新聞報導如電光石火般閃過腦際，驚嚇中只記得牠會爬樹也會游泳，就是想不起來該如何躲避牠。在這千鈞一髮之際先生居然先搶拍了一張照片，然後才拾起一根枯枝要我和他一起慢慢往後退，退了幾步路後這才驚覺我們根本無路可退，更可怕的是在附近的母熊可能隨時會出現。

無奈下再次站定和小黑熊對望，心裡拚命禱告上帝千萬不要讓此地成為我們的人生盡頭。僵持了幾分鐘後，非但母熊沒有現身而小黑熊也沒有往下撲而是轉頭走了。我們快步走回停車場，發現那片樹林就在停車場背後，如次短的距離內竟然有黑熊蹤影，真是始料未及。

次日請教管理員，方知此地多黑熊但不具攻擊性，遇到牠們只要高舉雙手高聲喊叫「黑熊回去」並慢慢後退即可，千萬不要自作多情的想要去拍牠抱牠餵牠或和牠合照。奈何我們當時無路可退啊？

《傳道書》說：「人不能強於獸，都是虛空。都歸一處，都是出於塵土、也都歸於塵土。」那麼到底是動物干擾了人類生活？還是人類侵犯了動物領域？在這相遇的短短一

1.我家後院的鹿寶寶
2.所遇黑熊

生，人類和動物又該如何和平共處？

（二〇一八年九月十二日，發表於《世界日報》副刊）

遇見天使

我從來沒有見過天使，對天使的所有印象皆來至聖誕卡，一種是赤裸白胖吹著號角的嬰兒天使，另一種是身穿白袍高唱聖詩的詩班天使，他們皆背生雙翅頭頂光環，面容無比的聖潔祥和，不過我從不相信他們是真實存在的，認為這只是出於畫家的想像。

一些天主教徒不單相信天使的存在，更認為每一個人都有一位守護天使，當你遇到危險時會及時拉你一把，對這種說法自是言者諄諄，聽者藐藐。《聖經》中雖多處提及天使但並無任何具體的描述，更沒有地方說天使背生雙翅頭頂光環。在二十一世紀的前衛世界裡就更難相信天使的存在了。

久聞雷耶斯國家公園（Point Reyes National Park）的大名，去年由密西根搬至加州東灣後便迫不及待的前去造訪，去了兩次仍覺意猶未盡，今春剛好在網上看到介紹園內阿拉梅爾瀑布（Alamere Falls）的影片，對這個太平洋岸邊的瀑布大為心動，沒有細看旅遊指南便冒然前往。

我和先生於早上十一時抵達帕洛馬步道（Palomarin Trail）起點，導覽圖上說由此前往瀑布單程約四哩，途中會經過兩個小湖，沿途沒有廁所且需自備乾糧和飲水，最近的廁所位於離瀑布一哩外的野貓營區。我們足登登山鞋，手拿登山棍，背包裡備有三明治和礦泉水，自認裝備齊全，欣然就道。

山路沿著海岸線蜿蜒而行，但因山勢高低起伏，未幾即轉入叢林之中，將壯闊的海景完全摒除於視野之外，泥巴石頭路也變得坑窪難行，路邊雖有些許野花，但風景並不如想像中的優美。由於海風吹不到，只要暴露在陽光底下便酷熱難當，和金門大橋附近的強風低溫大相逕庭。

沿途不要說廁所連一張涼椅都沒有，甚至連可以坐下來歇腿的石頭或樹根也沒有，手機訊號全無，真正是荒郊野外。當我們兩位退休老人氣喘吁吁牛步而行時，只見三五成群的年輕人連跑帶走的不斷超越我們，轉眼不知去向，好在只有一條步道，不然連想找個問路的人都沒有。

又飢又渴的不知走了多久仍然沒有看到小湖的蹤影，而眼前步道已不成其為步道，根本就是一條亂石堆積的陡峭山溝，雖是下坡路仍是十分吃力，不時需先生扶我一把才不至踩空。正自抱怨不已時，迎面來了一對年輕夫婦，忙向他們打聽瀑布何在，不料他們沒去過瀑布而是由湖邊回來，告訴我們只要過了這條山溝就好走了亦離小湖不遠，湖畔風景美麗值得一遊。

經此鼓勵，餓著肚子奮勇向前，又不知走了多久，才在群峰之中看到一汪湖水，不是我們在密州慣見的深藍淺藍，而是渾濁的墨綠，湖畔雜草叢生沒有立足之地，此時日頭正烈熱氣蒸騰，毫無湖畔應有的清涼。失望之下深自懊悔跑到這個鬼地方來自找罪受，若此時回頭又心有未甘，只好繼續前行。

儘管一路留神卻始終沒有看到前往瀑布的路標，直走到手發痠腿發軟時才看到第一個路標，竟是前往野貓營區的路標！這是條圓環步道，往左可看海景，往右仍是山路，先生決定走海線，海風習習，視野一寬，正自慶幸風景不錯時，發現前面因人跡罕至以致荒草沒徑，適逢一年輕人大步而來，趕緊上前問路，誰知他和我們一樣沒有找到瀑布所在，不過他肯定我們都已走過頭了。

此時內急偏偏除了野貓營區外別無廁所，但望著前面的荒煙漫草不禁心生怯意，然而向來有冒險精神的先生毅然決然揮棍前行，走了一陣子他突然又回頭走山線，我不禁埋怨他老是做了錯誤的決定，這一折騰不知又跑了多少冤枉路？直到次晨他才告訴我不是他膽怯而是前面有蛇怕我受驚。

回到山線不久碰到幾位年輕人，剛從海線繞過來正要去瀑布志願替我們帶路，奈何內急只能婉謝他們的好意。續往前行一對母女給了我們一個好消息，野貓營區就在海邊，沿著沙灘走就能看到瀑布，只是他們沒說前面一樣是草深難行。

千辛萬苦總算來到野貓營區，空曠的沙丘上漫生著野草黃花，除了一座廁所、幾張野餐桌和幾個烤肉架外別無長物。眼下飢腸轆轆，只要有地方可以坐下來吃東西，也顧不得烈日當空，塵沙飛揚，更管不著旁人在月黑風高浪急時是如何在此過夜的。

飽餐之後步下一道隘口，浩瀚的太平洋赫然在目，強風挾著浪花一波波衝擊著野貓沙灘，岸邊的山崖無可退避，只是默然接受這潮來潮往的命運。沙灘上杳無人跡，只有我們踏出的兩行足印，一時忘了時間，也忘了之前的辛勞。還好途中遇到一位趕回營區的女子，警告我們快要漲潮了，這才加緊腳步往前趕路。

遠遠看到一條白練由山上懸垂而下，不需標誌即能確定這就是和我們捉了半天迷藏的阿拉梅爾瀑布。及至眼前這瀑布就像一個超大銀幕掛在岩壁上，白花花的瀑布由四十呎高的崖頂垂直傾瀉到沙灘再匯入太平洋中，其間距離只有短短二十呎，水聲與潮聲溶為一氣，聲勢驚人，也因此被稱做潮汐瀑布。

沙灘上水流成溪，無法跨越更不能從正面欣賞瀑布全景。瀑布固然不及尼加拉瀑布雄偉壯觀，妙的是它直接奔流入海，一氣呵成。心願得償這才想到該如何回去？如果回頭由野貓營區回去，勢必兜上一個大圈子，而時間已晚體力亦已不支，更何況已經開始漲潮，所幸遇到一對由加拿大來的年輕夫婦剛從上瀑布攀岩下來，抬頭上望這由不同質色岩石堆疊而成的懸崖峭壁好像並不高大，不過其上並沒有人工步道，只有一道由登山客蹭出來的沙徑。

學生時代我喜歡爬山，不過都是些平緩易行的小山，從來沒有轉過攀岩的念頭，況且登山鞋不同於攀岩釘鞋又無任何攀岩工具，正自躊躇不決，先生當機立斷由此攀岩回去並一馬當先攀上了第一個缺口。平日我老嫌他矮，此刻卻發現我的腿並不比他長，不管如何使力也跨不上去，瘦小的他要我抓緊登山棍硬是將高頭大馬的我拉了上去。

上去一看不禁倒抽一口冷氣，上面是一道七十度的陡坡，其上寸草不生滿是碎石泥砂，腳下極易打滑且全無著力點，他一人攀爬勉強可行，若是攙拉著我很可能重心失穩，二人同墜崖下，不顧我的反對他堅持能行，至今想不通他是如何將我拉上去的。

翻過陡坡來到瀑布上方，這才看清楚瀑布是由山頭一波三折跌宕而下，至此墜下懸崖形成在沙灘上看到的闊銀幕。每個小瀑布高約二、三十呎，平潭有如迷你游泳池，正有一群年輕人在那戲水。

此處坡度平緩視野廣闊，先生忙著四處拍照，我正欲尾隨不料地上滿是砂礫，腳下一滑竟一屁股跌坐地上，說時遲那時快一聲「你沒事吧！」響在耳邊，我剛回說沒事，這名年輕男子即已不知去向。

等先生將我拉起，那群年輕人已戲水完畢正準備離開，我攔下了一位身穿黑色泳衣的苗條女子，請問她如何回到帕洛馬步道，她指著背後山谷中的一道山溝說要由那兒爬到崖頂才能接上步道，這是最好走也是唯一的路徑，不過連她也覺得那道山溝上下不易，勸我還是回到下瀑布走沙灘回去。

回頭下望剛才爬上來的地方，無論如何我都沒有本事從那兒下去回到沙灘。再看眼前的垂直山溝，身無飛簷走壁的功夫又如何過得去？當時心裡並無恐懼，只是覺得我今天怕是要困死在此，看我一臉難色，她很熱心的說她可以替我們帶路並幫助我上去。

她帶我們穿過瀑布一直來到山溝腳下，山溝裡滿是凹凸不平的岩石，非得手腳並用才能順利攀登。女子在前一面要保持自身的平衡，一面還要回頭攙拉笨重的我，顯然十分吃力，我雖已擦破手肘膝蓋仍是一步也爬不上去，進退兩難之際，忽然傳來一聲「需要幫忙嗎？」接著伸來一條結實的男子手臂，二人一左一右很快的將我拉到了崖頂，驚魂未定還來不及說聲謝，二人已沒了蹤影。

1.遠觀阿拉梅爾瀑布（上）
2.下瀑布（下）

站在這更上一層樓的崖頂上，太平洋的驚濤駭浪遠了弱了，上瀑布的三個潭穴一目了然，最壯麗的下瀑布則隱而不見，想來這兒就是導覽圖上建議的觀瀑點，不鼓勵遊客冒險由此攀岩下去，如欲觀賞下瀑布只能繞道野貓沙灘走過去。只有我們兩位老人家不知好歹的由下而上，雖得見瀑布美景，卻是飽受驚嚇，若非先生的不離不棄和陌生人的及時伸出援手，後果不堪設想。

此番觀瀑來回走了十六哩路絕非徒勞往返而是為了遇見天使，其實天使並非靈界專屬，亦非畫家虛構，而就是你我身邊的那些有愛心的普通人。

（二〇一八年一月二十八日，發表於《世界周刊》No.1767）

創業生涯原是夢

一歲半的小外孫女正是調皮搗蛋的年紀，一不留神她便會打開所有的抽屜和櫥櫃門，將裡面的東西翻倒得亂七八糟，我還來不及收拾殘局，她又不知從何處找到了一塊黃色小板啃將起來，我一把搶了下來，不看還好，一看心痛如絞，那不是一塊普通的板子，而是當年開店時我親手做的樣本。

那時年近不惑，父母老病，兒女幼小，而自己職場失意，日子難過得很，湊巧先生收到一份送錯的雜誌，封面故事是新興連鎖招牌店賽恩時勞（Signs Now），黑底上黃紅二色的商標異常醒目，店面整潔美觀，最吸引人的是只要一萬美金的權利金便能自行創業，再也不用看老闆臉色，當下砰然心動。

賽恩時勞的創辦人是在阿拉巴馬州經營漢堡大王（Burger King）起家的，成功以後企圖以經營速食店的方式打造速成招牌王國，以電腦繪圖切割塑膠字和24小時交貨為其宣傳亮點。

在兩個禮拜的受訓期間，我們學會了如何操作繪圖電腦設計圖樣、切割有牛皮紙襯底的塑膠捲料、以尖針挑除切割後不需要的部分、用覆蓋膠帶將圖案轉貼至各種招牌板面，整個工作流程很像是在上美勞課做海報，字體、色彩和文字的搭配隨心所欲，我玩得不亦樂乎，完全沒有想過如何銷售的問題，天真的以為和速食店一樣只要開門就會有顧客自動上門。

公司派人幫我們在住家附近的一個藍領城裡選定了一個店址，並提供各種貨源及店面裝修藍圖，先生在二姊夫的幫忙下將店面裝修完畢，他仍回去上班，我則請了一個半工半讀的學生幫忙，就此做起生意來了。

開張以後才知道這一行根本就是在守株待兔，往往十天半月都無人上門，難得接到一個訂單搞不好還是個位數。那個年代還沒有個人電腦、手機、伊媚兒和互聯網這些高科技的東西，公司的推銷法寶便是照著電話公司的黃頁打電話，最好一天打一百通電話，我這個生意新手哪懂得該如何電話推銷？況且每天開門關門的是我，招呼客戶的是我，上電腦幹活的是我，切割材料的是我，送貨記帳的是我，進貨和盤點存貨的是我，打掃衛生的還是我，非但騰不出手來打電話，反而經常接到推銷和募款的電話，尤其是有人冒充警察募款，讓你難以招架。

囿於成本、設備和人力我們只能做些路標、告示牌、場地標誌、監管標誌、桌上展示牌、室內室外橫幅、汽車磁性標誌、櫥窗或車身貼字等小玩意兒，雖有電腦繪圖切割，但絕大部分仍靠手工合成，費時費功且無法快速大量生產。

收支長時難以平衡，於是只要是上門的生意皆來者不拒，如霓虹廣告牌、電動招牌、店家招牌等都不在我們的營業項目之內，公司亦不提供任何支援，全靠先生業餘尋找合作廠家，收取微薄佣金，再絞盡腦汁在週末時幫人家拆除舊的及安裝新的招牌。

先生雖是工程師但也沒有做過工，在拆除和安裝的過程中，因氣候和土質的不同，往往遭遇各種意外難題，像電路、支柱、框架、打洞、鑿孔、懸掛等等，無人可以求助，只能自行摸索自製或租用工具，也因此造就了他日後的十八般武藝。

來往客戶多是做小買賣的或個人，三教九流都有但還算客氣，只碰到過一位惡客。他是做園藝的工人，訂購了一對不到百元的汽車磁性標誌，沒兩天便跑來向我興師問罪，說是一片標誌自行脫落了，要我賠他一對，見他無理取鬧我只答應賠他一片，他竟然帶著兩位彪形大漢殺進店來，威脅我次日早上五點賠他兩片，當時店內只有我一個人，正驚惶失措之際，好在一位老顧客走了進來，他看出氣氛有異便坐著不走，那三位見狀只好悻悻然走了。

附近有家塔可鐘（Taco Bell）速食店，常臨時需要一些特定的告示牌，經理認為我做得又快又好，不時邀集同行照顧我一點生意，卻讓我又愛又恨。因為多是不大的桌上告示牌，或是掛在牆上的菜單價目表、員工守則和店家任務告示牌等，每一個都要有塔可鐘的商標，還要有可以插入更換的小嵌條，字數亦不在少數。商標有五種顏色，和套色印刷一樣我得切割五種顏色的塑膠捲料，才能拚湊出一個商標，又因面積小如繡花般十分傷眼。

隔壁是房東開的軍用物品店，店面大生意興隆但從不照顧我生意，反而是他的鄰居小漢堡店的老闆，三不五時滿身油煙的跑來訂購一些小告示牌，偶而也訂製室外標誌。他的店面很小以外賣為主，而我們的產品又經久耐用，實無多大需求，他的雪中送炭之情我終生難忘。

思綽冰淇淋（Stroh's）是底特律的一家老店，每一個冰櫃上方的壓克力板上都要標有商標和名字，通常都是用絲印大批訂製，有時可能因數量不足、規格不同或臨時急用，不知怎麼找到了我們，雖然每月訂單不大但很固定，每逢邀約面談，我只好先暫停營業，進城接單和送貨。一次送貨回程遇著空前暴雨，高速公路頓成汪洋，彷彿水上行舟，眼前一片茫然，不知所終。想到開店以來非但沒有假日、度假旅遊，甚至連週末都沒有，每天勞苦奔波卻還不足以糊口，受到的冷嘲熱諷更不知凡幾，不禁悲從中來，平日不到一小時的車程，我開了兩個多小時才回到店中。

我們曾經僱用過推銷員但成效不彰，只找到了一家好客戶即那片樣本上的廢物先生（Mister Rubbish）。這是家私人經營的廢物處理公司，業主認為垃圾車也應該打扮得漂漂亮亮的讓客戶看著舒服。商標上的廢物先生即是一身大禮服，抬頭挺胸手持垃圾桶大步前行，造形優雅傳神。

通常由我做完設計切割等前置作業，先生於下班後或週末隻身前去完成車身貼字。場地、車身都很整潔唯臭氣沖天，加上他沒有助手，第一次做到半夜三點才完工。但也多虧了這份辛苦錢我們才得以多撐了一陣子。

無論盈虧公司每月都要抽取營業額的7％，我們本小利薄無法再負擔信用卡3％的抽成，只收現金和支票，也因金額小沒有碰過退票和欠帳的事情，僅被賴過一次帳。

那是一家自助儲藏公司，儲藏室分佈在幾個城市，靠近我們小店的那位經理非常滿意我做的超大室外橫幅，不時找機會照顧我一點生意，並推薦給其他的經理，慢慢我從這家公司接到的訂單多了，金額大了，花樣多了，難度也大了。

最特別的是為他們製作懸掛在公司入口的場地設施圖，以格子標示數百間儲藏室所在及其號碼，嚴格來說這應是印刷項目，但生意實在清淡只有硬著頭皮接單。這是特別項目不在公司提供的價目表上，我們也不知如何報價，先生花了好幾個晚上剪貼描繪只收了兩百餘元，客戶高興得不得了，又陸續訂購了好幾幅大型室外橫幅及各種告示牌。

我們一向是一手交錢一手交貨，但此家公司規模大不得不接受其六十天信用付款的條件，也以為找到了一位大客戶。豈料不到一年便開始拖欠，然後宣告破產，賴掉了積欠我們的兩千多元血汗錢，也成了壓死駱駝的最後一根稻草。

九〇年代初經濟不景氣，房東沒有增加房租但亦未和我們續約，只是照常按月付房租，我們不疑有它，直到隔壁開了家情趣內衣店生意好得不得了，這才發覺房東態度有異，果然不久便收到房東要我們一個月後搬家的通知，因為內衣店要擴充門面。

時值聖誕前夕，天寒地凍中不知該何去何從？心灰意冷已久，我決意不顧一切金盆洗手，先生卻堅持換地續開，奈何天時地利人和盡失，最後還是關門大吉，我在教友的幫忙下重回久違的職場，生活總算恢復正常，但對父母和子女的虧欠永遠無法彌補。

二十餘年彈指已過，不知是時間淡化了一切，還是我自己刻意遺忘，對往日的得失成敗早已釋懷，反而感念許多的人與事，要怪也只能怪我們在錯誤的時間和錯誤的地點，做了一場錯誤的夢！

橘花香滿徑

門前角落裡有一個很小的四方花圃，滿栽杜鵑、繡球和不知名的花樹，中間是一棵高過屋頂的橘子樹。前年冬天剛搬進來時，一眼見到那滿樹黃澄澄的橘子真是喜不自勝，三不五時便帶著外孫女攀梯採摘橘子，那些橘子無論顏色大小均與市售的無異，也許是採摘時間不對，吃起來微酸不甜，吃過幾次以後便無人問津。

不久發現車房裡有白蟻的蹤跡，這是住在密西根時從未見過的現象，不放心趕緊請人沿著房子四周打樁灌藥，如此一來離房子十呎以內的果樹上的果子都不能吃，這棵橘子樹就此上了黑名單，於是和鄰居們一樣任憑橘子懸掛樹上自生自滅。

住在密西根時先生老是喜歡用水果種子發芽，夢想著自己栽種熱帶果樹。他試過桃、李、杏、柿子和橘子，雖能發芽長葉，但絕大多數熬不過酷寒的冬天，即便能夠僥倖存活，也是光長葉子而從不開花結果。

難得有一兩棵橘子樹存活了下來，先生當成寶貝般供養於室內。當時經常往來我們家的邊雲波老師見狀，遂以自己常年四處講道無暇照顧為由，將師母生前手植的一棵橘子樹送給了我們。

不負邊老師所託，這棵橘子樹在先生十餘年的悉心照顧下長得枝繁葉茂，到我們決定搬家加州時幾乎已有一人高。加州一向對植物進口管制嚴格，而我們又是在冬天搭機前往，根本無法攜帶任何盆栽。朋友嫌它體積龐大又無花果可賞不願收養，邊老師亦因年老多病決定回大陸養老，無奈之下只能讓它歸於塵土。

今春雨季來遲，正期待著大地復甦之際，二月中卻突然傳來邊老師安息主懷的消息，雖說高壽九十三歲，但大師凋零仍是令人傷感。猶記聖誕節時才與他通過電話，中氣十足一如既往，並得意的告訴我們他最近出外講道，一口氣講了一個半小時，毫無病態，臨了照例舊話重提，要我多寫見證文章，我亦照舊支吾以對。認識他以來，他曾多次安然行過死蔭幽谷，這次我們也不疑有他，豈料未曾道別即成永訣。

當年邊老師來到我們教會時，師

邊老師90大壽

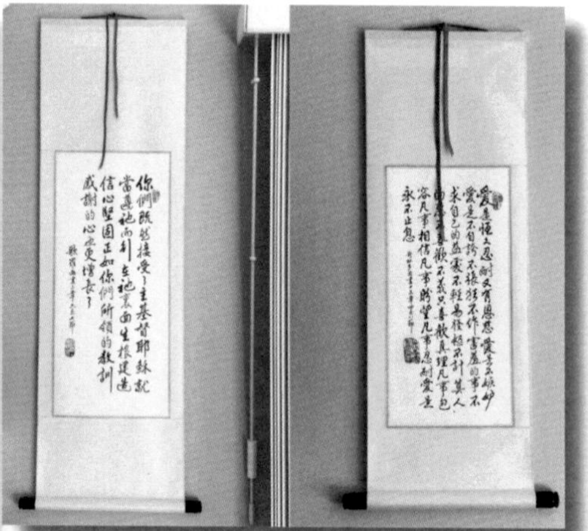

邊老師墨寶

母、家母及二姊的公婆都還健在，透過長者的團契活動，我與二姊兩家人和邊老師夫婦很快地熟了起來，邊老師為人十分謙和有禮，師母則剛直不阿。那時不知他們的來歷過往，只是單純的敬仰傳道人而接待他們。

相處久了才陸續由其他教友口中得知邊老師曾經師從王明道先生，在基督教界備受推崇。二十幾歲即以詩作《獻給無名的傳道者》名滿天下，此詩至今仍在華人圈中傳唱不已，亦鼓舞了無數的傳道人前仆後繼。大學畢業時他放棄了赴英進修的大好機會而遠赴西南邊陲傳教，夫婦二人合編過聖經人名、地名及語匯三本辭典，另有福音著作多本，一律不收版稅，任人翻印贈閱。

學教育出身的他常謙稱他的英文不好，常向別人請益，其實以他翻譯世界最早教育文獻之一《學記》的功力來看，他的中英文造詣都是出類拔萃的。

在他心中除了傳福音講道外再無別事，不管到誰家做客都是打量人家的客廳有多大，可供多少人聚會。第一次到我們家來即喜道我們家客廳可容五六十人聚會，聽得我們一頭霧水，原來他是以大陸家庭聚會的標準來衡量的，也就是每人一個小板凳大家排排坐。

當二姊夫被診斷出肝癌末期時，眾人皆認為兇多吉少，唯有邊老師夫婦獨排眾議每天長跪替他禱告，從而堅定了二姊夫婦的信心。二姊夫開刀痊癒後應邊老師之請開始了家庭福音聚會，我們家客廳還真的容下了四五十人！參加者多為大陸留學生的父母，不會英文不會開車，心靈十分苦悶，邊老師帶領他們讀經、禱告和唱詩，鼓勵他們「年老的時候，仍要結果子。要滿了汁漿而常發青。」

不幸邊師母早早病故，伉儷情深的邊老師開始瘋狂四處領會講道，希望求仁得仁死在講台上，好與師母早日天國再聚。他年輕時即有肺氣腫的毛病，經常咯血，現無人照顧飲食起居又不愛惜自己，種下了日後數度瀕臨鬼門關的因子。

二〇〇三年在澳洲傳道時大量咯血，醫生數度發出病危通知，但在全球華人基督徒的迫切代禱下，奇蹟似的活了過來，痊癒後他開始整理舊書稿，雖是小兵已成了老兵，仍然初心不改，寫下感恩心聲《最後的路程》，「要把福音傳回耶路撒冷，要跑盡這最後的路程」。更開辦講道講習班培訓弟兄講道，希望家庭福音聚會能遍地開花。

我和二姊有幸參與了一些校對工作，當時我尚未開始寫作亦不識簡體字，又因年輕不知天高地厚，冒冒然更改了他一兩個錯字和用詞，後來他告訴我說從來沒有人敢更改他的文稿，我是唯一的一個，讓我羞愧得無地自容。

等我自己出書時，他坦言他平日只看屬靈書籍，但因是我寫的書他會選讀片段。從沒聽他說過我寫得好還是不好，然而此後不管是見面還是通電話他都再三囑咐要我寫見證文章，以文字事奉，我也總是以只會寫風花雪月為由搪塞，即連最後一次通話也是讓他失望。

邊老師曾因傳福音坐過牢受過傷，但他絕口不提這些苦難的經歷，臉上總是帶著溫熙的笑容，無聲見證著「是自己的手甘心放下世上的享受，是自己的腳甘心到苦難的道路上來奔走」。他非常注重禱告和靈修，常為人提名代禱，十分有功效。他的講道內容以傳福音為主，說理簡明易懂，感情真摯，每當提及王明道、賈玉銘、趙西門、趙君影等老傳道人的事蹟時，無論台上台下總是熱淚盈眶語帶哽咽。

另外他在講台上有一個招牌動作即是掀鏡片，他不像我們配戴多焦距眼鏡，而是兩層鏡片重疊在一起，隨著看遠或看近而不時掀動外層鏡片。還有他講道時聲如洪鐘，連耳背的長者都能聽得一清二楚，眾人戲說只有聽他講道不會打瞌睡，因為隨時會被他發聾振聵的一聲驚醒。他自己私下說他是個肺有毛病的人肺活量根本不大，但靠著主的恩典一上台便能中氣十足。

他平日自奉甚儉，好幾次看到他都是一碗白飯就著兩碟青菜吃，所用家具都是教友捐贈的舊物，所住教會房子年久失修，先生經常幫忙修理一些小地方，亦經常接送他出外探訪或是到我和二姊家聚會吃飯，他總是謝了又謝，更一再地說他「吃爆了」，而我們也總是請他做謝飯禱告，他亦笑稱我們把他當成了「禱告專業戶」。

仰慕他的教徒很多尤以異性居多，但他終生秉承一個原則即絕不單獨與異性共處一室。這個原則看似簡單，想要終生奉行不渝實非易事，難為他替弟兄們豎立了很好的榜樣。

臨行前向他告別，第一次發現他有了老態。他的膝蓋雖然受過傷，但平日腰桿挺直，步履穩健，此時卻因剛摔過跤須用步行輔助器，無法和我們外出進食。人亦消瘦不少，不過雙目仍然炯炯有神，提起家庭福音聚會舊事仍是如數家珍，人名地點時間分毫不差，他卻直說他老了經常丟三落四。房間堆滿教友送來的水果吃食，他不停的要我們嚐嚐這個吃吃那個，這次輪到我們直說「吃爆了」。

雨季到底還是來了，山茶紅了，杜鵑開了，地上落花如雪，花香穿堂入室，抬頭驚見樹上被松鼠啃嚙一空的橘子，早已墜落如燈滅，綠葉掩映中是不易察覺的點點小白花。橘子樹不像桃、李、梨、杏般先開花後長葉，滿樹密密麻麻的花朵讓人不能無視於它們的存在。橘花不以色相取勝，只是暗自飄香。誠然斯人已杳，但他所行過的路徑均已撒下福音的種子，日後皆能花香滿徑。

（二〇一八年，發表於《宇宙光》八月號）

成為更好的你

週日早上臨出門時一向機不離手的先生忽然一聲驚呼：「約爾．歐斯汀（Joel Osteen）不當牧師去做生意了！」這突如其來的消息讓我大吃一驚，但因要趕著去做禮拜無暇細問，接連幾天家有親戚來訪遂將此事擱在一邊，但心裡仍不時嘀咕著他怎麼可能會丟下廣大的會眾不管而跑去做生意？

待忙亂過後便迫不及待的向先生追問詳情，誰知他只模糊記得說是她太太維多利亞皮膚保養得宜，二十餘年來臉上沒有留下任何歲月痕跡，因此他投資千萬美元生產美膚產品而不當牧師了。

他牧養的雷克伍德教會（Lakewood Church）位於德州休士頓，擁有一萬六千八百個座位，每週約有兩三萬名信徒前去敬拜，是美國最大和增長最快的大教會。他的電視佈道節目遍及全世界一百多個國家，光是美國每週就有七百多萬人觀看他的節目。同時他也是暢銷書作家，第一本書《活出美好》（*Your Best Life Now*）即曾高居《紐約時報》暢銷書排行榜榜首兩年多，至今賣出四百多萬本。

據估計他現在的個人身家財富逾六千萬美元，這樣一位集名聲財富於一身的傳奇人物，犯得著去賣美膚產品嗎？這條新聞實難令人信服，於是我上網苦苦搜索這則新聞，結果上天入地遍尋不著。

不想最近「哈維」颱風肆虐德州，豪雨成災，無數災民流離失所，而他卻沒有在第一時間內開放他的大教堂收容災民，頓成眾矢之的，飽受攻擊和嘲諷，他隨後雖四處澄清解釋並開放教堂作為災民收容所，然而教會及其個人形象皆已受損。

我不是追捧他的粉絲亦從未去過他的教會，更沒有親身參加過他的巡迴佈道會，只買過他的第二本書《成為更好的你》（*Become a Better You*），但沒有看完，不過我的確靠著他的電視佈道節目走出了人生谷底。

二〇〇八年春末，我在毫無預警的情況下被公司裁掉了，雖非人生第一次被裁，但因不再年輕完全無法接受這個老來失業的打擊，整個人似被掏空了般惶惶不可終日。

時值通用和克萊斯勒汽車公司宣布破產的前夕，全面的大裁員才剛揭開序幕，不在汽車公司上班的一般人尚無危機意識，對我這先行溺水者自然毫無同情和同理之心。即連經常出入我家吃喝的那夥人中，也有幸災樂禍、漠不關心和嘲笑我能力不足的，甚至有人說我只剩當保姆一途了。

我這一輩子既學無專精又學非所用，就業路上一直走得艱辛異常，從不敢奢望和別人一樣升官發財，只求能當個上班族混到退休便於願足矣，豈料連這最卑微的心願亦無法實現，而寄出去的履歷表全如石沉大海，微薄的失業救濟金雖可暫時糊口，但房貸、車貸、退休金皆無著落，往後的日子怎麼過呢？頓覺前途一片黑暗，人生再無希望可言，對不美好的自己更加厭棄。

在一次為我而開的派對上，眾人毫不在意我這唯一失業者的感受，如常炫耀著自己的名牌衣飾和皮包，高談闊論股票投資、升職加薪及度假旅遊，而我已非上班一族，年未及花甲還算不上退休一族，家無恆產亦無分於闊太一族，非但沒有一個話題是我能插得上嘴的，即連三百六十行裡也沒有我這一行，不禁悲從中來，顧不得失態我奪門而逃，從此閉門不出。

然而長日漫漫我不能就此混吃等死，思前想後只有小學時的作文曾得老師稱讚，遂將一股怨氣化作文字開始投稿，未料這剛燃起的希望之火亦被連連的退稿無情熄滅。想起平生成績不好、聯考不行、求職不順、開店不成等種種不如意，更加認定自己是個天生無能的人，不管如何努力也做不好任何一件事。

曾經喪偶之痛的二姊不忍見我如此自暴自棄，勸我不妨看看約爾·歐斯汀的電視佈道節目，雖然他是個廣受爭議的人物，但他的訊息輕鬆愉快，也許會對我有意想不到的效果。

不知約爾·歐斯汀是何方神聖，帶著好奇我在週日晚上八點打開了電視，首先便被那萬頭攢動的聚會場所震懾住，接著牧師登場不覺眼前一亮，他年輕有活力，衣履光鮮，笑容可掬，臉上沒有絲毫愁苦之色，迥然有別於華人牧師莊重有餘而親切不足的固有形象。

偌大的講台上只有一個簡單的講壇，尤為吃驚的是他不是以禱告而是以一則幽默笑話作為開場白，全程不用電腦、手機、投影機等各種高科技的玩意兒，甚至不看稿子或翻《聖經》，二十六分鐘的講道一氣呵成，抑揚頓挫分明，遣辭用句簡單明瞭，直如春風拂過十里楊柳，令人周身舒暢。

此後每週日晚上先生都陪我坐在電視機前觀看他的節目，直到電視台更換播出時段為止。從節目中我對他的生平有了些許了解。他非但不是出身自長春藤名校，甚至連大學都沒有畢業，就在他父親約翰．歐斯汀（John Osteen）於一九五九年創立的雷克伍德教會裡，隱身幕後為其父製作電視佈道節目長達十七年之久，雖然其父一直期望他能繼承衣缽講道，但直到一九九九年其父因心臟病猝逝他才首次站上講台佈道。

他的核心信仰即上帝是一位良善的神，祂有豐盛的恩典、憐憫和慈愛，不輕易發怒，祂希望藉著耶穌基督賜福給凡是信靠祂的人。而他本人願以身作則讓眾人從他身上看到神的作為和祝福，從而接受這帶著希望和鼓勵的訊息，成為合神旨意的人。

果然在他的牧養下，教會不可思議的超速成長，二〇〇三年長期租下原為ＮＢＡ火箭隊基地的康柏中心（Compaq Center），並花了逾億美元重新裝修於二〇〇五年遷入，教堂之大和會眾之多皆締造了記錄。然而樹大必然招風，他的證道方式飽受抨擊，說他只談愛與恩，不論罪與罰，是「成功神學」，是「棉花糖福音」。

在我收看過的他的節目中，似乎未見他提及天堂與地獄，亦不常引用大量的《聖經》經文，但沒有一句話是負面的，全篇充滿希望光明的正面思維，再三強調的只是神的愛，神愛每一個人，對每一個人都有美好的計畫，千萬不要輕看自己，只要你願意信靠祂，祂隨時準備賜福與你，像升職加薪、婚姻美滿、創業成功、頑疾得治等生活見證他每次都能信手拈來，頗能激勵人心，而他個人和教會的成功尤其具有說服力。

他的寫書出書的見證則格外觸動我的心弦，相信在神的祝福下只要我努力寫下去，出書不是不可能的，於是我的人生重新開始有夢，隨著文章的被刊登亦能慢慢接受不完美的自己，覺得自己並非糟得一無是處。

未幾金融海嘯全面爆發，汽車公司宣布破產，汽車城裡哀鴻遍野，被裁、被逼退、被迫遠走他鄉的不知凡幾，然而因著他的訊息先生保住了工作，我們也保住了家園。

在颱風過後的第一個主日崇拜裡，他向會眾解釋球場曾經淹過水，而此次暴風雨帶來的洪水勢將淹沒球場，為安全考量才沒有在第一時間內開放教堂收容災民。那些不實的報導不光是攻擊他個人而是在攻擊會眾的信仰基礎——信望愛。世上有苦難，我們不能明白為什麼，但我們能面對苦難甚至戰勝苦難，因為神仍然坐在寶座上為王。看看來自會眾及四面八方的救援，可見這個社會仍然充滿了人溺己溺的精神。

時隔九年，他又出版了十餘本新書，本本暢銷，而我自費出版的三本書皆無人問津，不過卻是我人生的里程碑。在現實生活中不僅僅只有喪親失偶或身染絕症才是「失落」（lost），舉凡失戀、失婚、失財、失業、失學等都是一種「失落」，都需要慰藉和療傷，而每個人療傷的途徑不同。對當時靈命軟弱如嬰兒的我來說，最需要的乃是慈母的胸懷，恰好他的節目裡面沒有責備和論斷，只有鼓勵和安慰，讓我感受到天父的慈愛，看到了希望與光明，不再厭惡自己，才能如他所說的先「成為更好的你」而後才能走出傷痛。

（收錄於二〇二〇年出版的《千里之行》書中）

仙女沒洗手

二〇二〇是大家公認的吉祥數字，卻忘了庚子年素有庚子之災和庚子大坎之稱。翻看中國近代史，從鴉片戰爭、八國聯軍侵華到三年自然災害，無一不印證了庚子年的災難性。果然，一月初在中國武漢爆發了不明原因的肺炎，傳播甚廣甚速，繼而導致封城。於是掀起了口罩搶購熱潮，有關疫情來源的消息和謠言更是鋪天蓋地而來。

由於疫情初起大家所知不多，只知冠狀病毒為病毒大家族中的一員，呈球體上有棘突，形似冠冕故名為冠狀病毒。此次由其引發的呼吸系統疾病原因不明，被稱為新型冠狀病毒肺炎，簡稱新冠肺炎（COVID-19），主要的傳播途徑為透過患者咳嗽或打噴嚏的飛沫傳染。常見症狀包括發燒、咳嗽、疲勞、呼吸急促、味嗅覺喪失等。

當美國政府還在為戴不戴口罩辯論不休時，市面上已買不到口罩。接著衛生紙、紙巾、洗手液、酒精和各種消毒用品通通告缺。常去的大賣場人龍，堪比從前的西門町電影街，附近超市購物車一車難求。貨架空空如也，甚至連冷凍食物都被搶購一空，至於白米、乾麵、醬油、麵粉和酵母粉等更是奇貨可居。在美國住了幾十年，美國夢雖未曾實現，但日子還算平穩，這樣的現象是從來沒有見過，更不曾想到過，感覺像是末世降臨。

在台灣出生的我，不像逃過難的母親有危機意識，更沒有她囤積物質的習慣，一時措手不及，而居家避疫令已然下達，所有公司行號、學校、教會、公園、餐廳、酒吧、理髮店和購物中心一律關閉，禁止公眾聚會活動。在沒有疫苗和有效藥物治療的情況下，呼籲全民遵守衛生部門建議的預防措施：待在家中，不要出門；避免去人多擁擠的地方；與他人保持六呎安全距離；經常用肥皂和水洗手至少二十秒鐘；避免用未清洗過的手觸摸眼、臉和鼻；避免與任何有發燒、咳嗽等疑似症狀的人密切接觸。

熬過前所未有的兩週，居家避疫令並未如預期會解除，不過超市和藥房開放，但限制室內人數，並為長者特設購物時段。構想雖好，但一想到公用的提籃、手推車和塑膠袋，無一不暗藏病毒殺手，不禁為之卻步。於是較我健康的先生自動負起了採購重任，不過我得絞盡腦汁預擬採購物單，以便他能速戰速決。口罩和洗手液隨身攜帶，到家後先將物品卸在車房，一一消毒後才敢拿進屋內。

其後又聽說病毒可沾附在人的皮膚、頭髮、衣服和鞋襪上，任何紙張、鈔票、郵件、信用卡、包裹、紙袋、塑膠袋都可能帶菌。公用的門鈴、按鈕、門把、扶手更是傳播溫床，不敢輕舉妄動。不管在任何地方雖是戴了口罩，保持安全距離，但只要一個噴嚏或一聲輕咳，都能讓所有人退避三尺。

疫情來得兇猛突然，全美到處醫護人員不足，醫療急救設備短缺，甚至口罩、一次性手套和防護衣都不敷醫護人員使用。紐約市是最先告急的地方，難能可貴的是，許多退休醫護人員不顧自身安危前往紐約救急，彰顯大愛。華人家庭素崇尚子女從事醫護職業，但做夢也想不到有一天，是將子女送上了沒有硝煙的第一戰線，隔離之中只能日夜牽腸掛肚，提心吊膽。醫院、診所和急救中心非有預約不能隨便出入，原定的體檢、洗牙及各種檢查全部延期。但人老了難免有個三病兩痛的，一日咳嗽喉嚨痛老毛病復發，雖然體溫血氧濃度都正常，自己仍是疑神疑鬼，門診不可能，電話問診後竟然要我去急救中心做鼻咽拭子測試。一下車即有全副武裝的服務人員，指示我到室外帳篷報到，地上貼有標誌不能隨便亂站。大家都戴著口罩，隔著安全距離大聲問答，末了要求我換上醫院提供的口罩，回到車上等候電話通知。大概十分鐘後，一位從頭包到腳的護士開門讓我入內，裡面沒有平日的喧嘩也看不到幾個人影，急診醫生來的很快，問了一些例行問題後告訴我要做鼻咽拭子測試，這名詞經常看到聽到但不知道如何做。只見他抽出一根超長棉花棒，要我仰頭向上，他一聲不響便將此物塞進了我的一個鼻孔，以為只是在鼻腔內轉幾下就會拿出來了，誰知他一個勁地往裡塞，簡直就要穿破喉嚨了才拿出來，更可氣的是他又飛快的將棉花棒塞進了另一鼻孔，痛得我齜牙咧嘴。好在兩天後的測試結果是陰性，這才放下心中大石。

很多人在疫情期間不敢去醫院和診所，我因頸椎和頭痛毛病，多次出入復健中心和到醫院照X光、CT和MRI。一進門就有人先確定你是否有預約，然後量體溫、洗手和換口罩才會放行，大廳內沒有往日的閒雜人。隨處有洗手液，桌椅都經酒精消毒，診療台鋪有一次性紙墊，醫護人員口罩面罩俱全。MRI部門甚至有不同的出入口，真的比平日乾淨安靜許多，當然能不去還是別去，因為無症狀的感染者越來越多。

另一受到疫情嚴重影響的是旅遊計畫。我們原定三月底到希臘，五月中至西班牙和葡萄牙旅遊。二月美國疫情爆發，正在去與不去兩者之間忖度，只付了定金的後者，主動取消行程並退回定金。前者費用已於二〇一九年底付清，言明概不退款，土航機票也已自行購妥，美國疫情爆發後，主辦單位聲稱歐洲不受影響行程照舊，及至義大利疫情爆發，仍稱希臘無事計畫不變。從一月到三月數度與主辦單位交涉退出旅遊行程未果，直到政府發佈旅遊禁令這才宣布旅遊延至明年。土航只有一個聯絡電話號碼，接電話的人不知身在哪個天涯海角，白天晚上都無人接聽。有天半夜先生睡不著，索性起來打電話，居然打通了，折騰了一個多月總算拿到退款。

不能出國旅遊，國內旅遊同樣行不通。但總不能終日閉門不出，門前不起眼的石灰嶺野地便成了我們的世外桃源。避開山腳人多的柏油步道，盡量往山裡走去，陽光空氣未受汙染，雖然春雨不足，黃色芥花照舊盛開，紅翼黑鳥如常歸來，在鳥語花香中忘了那些可怕的死亡和確診人數。

享受了一春的鵝黃嫩綠，乾熱的夏天還是來了，然而高溫非但未能如盛傳的消滅病毒。反而有巴西、英國各種變種病毒相繼出現，稍微緩和的疫情再次搖擺不定，戴口罩的人倒是明顯增多。別無去處，只好每天往山裡跑，意外在一片枯黃中發現了野生洋薊，球形絲狀花朵，如一團紫色烈焰，燃燒著生之熱情，也激動了我這顆鬱悶的心。

洋薊半凋，更為耐旱的神聖曼陀羅紛紛上場，久聞其名但從未見過，每天散步途中密切注意它的身影，看著它踩著圓舞曲舞步，旋轉飛舞出一朵朵圓潤白荷。儘管它全株有毒，這潔白的花朵還是賞心悅目的。不料九月高溫破表，山火由南加一路延燒北上，火光衝天，烏煙瘴氣，連這僅有的散步樂趣亦被剝奪。再度出門花季已近尾聲，殘餘花朵不多，連果實也多半枯乾，欣慰的是還有蜜蜂來傳播花粉，還有種子能落地生根。欽佩它的求生意志，亦感念上蒼的好生之德，在這樣荒涼乾旱的地方，花草仍能生生不息，人類又豈能被瘟疫擊倒？

居家避疫改變了所有人的生活模式，不管你平日喜不喜歡出門社交，此時都難免有一種被孤立的感覺。我們很幸運兒女都住在附近，不需兩地牽掛。兒子未婚，獨自住在合作公寓裡，以電腦為業的他早已習慣在家上班，只是少了社交活動難免寂寞。

女兒已有三個孩子，兩個大的讀小學，老么上幼兒園。她自己在家上班，女婿則早出晚歸，突然一聲令下，大人小孩都要在家上班上課。不單書桌、電腦、文具、空間和照明設備都成了問題，還要張羅全家一日三餐，三歲多的老么更需人全時照顧，女兒實在忙不過來，懇求我們每週讓孩子過來兩天，好讓她喘口氣趕工作進度。明知我們是高危險群，還是不忍拒絕，也沒有像別人家，父母子女不敢同桌吃飯，甚至在室內也戴著口罩。好在孩子們很聽話，連老么也知道有病毒，要隨時隨地用肥皂好好洗手。

不久幼兒園重開，每班限制人數十二人，需戴口罩，不能攜帶個人玩具。家長不能入內，只能在進口處接送孩子，而且要在門口排隊，一次只能進去一人。桌上有洗手液，簽字筆用與未用者分開放置。看來細節考慮周到，眼下亦別無良策，心裡雖是七上八下的，女兒還是決定將老么送回幼兒園。老么很高興能重回幼兒園，小朋友也都願意遵守所有新規定，不像有些成年人認為政府剝奪了他的人身自由，抵死不戴口罩，任意狂歡作樂。

雲會網課都是全新的東西，不過兩個大的都適應得很快，連舞蹈和鋼琴都改成了網課，只是無法在網上踢足球和同學們玩耍。最難過的是沒有生日派對，好在有家長想出了花車遊行的點子。即將自家汽車以氣球、鮮花、綵帶和貼紙裝飾，一路按著喇叭經過所有好友家門口，彼此戴口罩隔著安全距離，打招呼祝賀並互相拋送小禮物，日後將成為他們難忘的回憶。

時逢大選之年，政客名嘴們不管疫情的嚴重與否，照舊互相推諉責任，攻訐對方，以至選情膠著，民意分歧。警察暴力事件層出不窮，喪親的，病痛的，憂鬱的，失業的，無業的，大有人在。整個社會沸騰不安，所幸學者專家對病毒的了解大為增進，對如何治療亦有新心得，尤其是疫苗研發頗有進展，讓人看到了曙光，覺得除疫有望。

疫情重創百業，有撐不下去的小店，有虧損的大商家，卻興旺了網購業，火爆了房地產，端看各人在亂局中如何求變求存。但老年人另當別論。原以為安全的養老院，最易受病毒感染，反成了重災區。老人公寓在被迫隔離之下子女無法探視照顧，買菜燒飯看病都成了問題。獨居的老人，更是孤立無援。這也讓許多退休人士重新思考到了暮年該何去何從？大難來時，只有親情是最好的慰藉，傳統的三代同堂是否仍值得考慮？

感恩節是家人團聚的大日子，政府不鼓勵人們回家過節和聚眾派對，也有很多人不能回家過節。但疫情還是攀升，引發隱憂，政府呼籲群眾聖誕新年時千萬不要再放縱。自從有了兒女後，逢年過節我都是和二姊一家人同過的，而這一年大家卻是連個照面也沒打過。

除夕夜和兒女一起共度，兒子帶著大家觀賞一個網紅影片，清秀的女主角喜穿白色紗衣，有點不食人間煙火的樣子。卻能劈柴生火，養雞飼鴨，蒔花種菜，編織裁衣。土灶鐵鍋及各種古老工具，連我都沒有見過，難怪兒孫看著新鮮有趣。

沒有華夏美車，但山明水秀，瓜鮮果美，頗有桃花源記的意境。一年來飽受疫情煎熬，這種日出而作，日入而息的日子，自是人心嚮往，難怪節目廣受歡迎。忽聽老么一聲驚呼「仙女沒洗手」，原來她從樹上摘了一粒果子，順手就吃了起來。看來疫情期間連幼兒都養成了要勤洗手和認真洗手的好習慣，

詭異的二〇二〇終將結束，但二〇二一這個單數是否較二〇二〇這個雙數吉祥呢？這場沒有硝煙的戰爭是沒有國界的，是無遠弗屆的。人類如果再不知悔改和平共存，大自然是否會衍生出更多的變種病毒來懲罰人類？到那時恐怕連仙女也會失了淨土，病毒亦不是用肥皂洗手就能消滅得了的。

（收錄於二〇二一年出版的《葡匐前行》書中）

風情如畫

走訪阿里山

〈高山青〉這首歌在我很小的時候即已家喻戶曉，不想時隔半個多世紀它仍在華人圈中傳唱不已。「高山青，澗水藍，阿里山的姑娘美如水呀，阿里山的少年壯如山」，這幾句簡單易懂的歌詞，將阿里山的風神樣貌活畫在聽眾眼前，「碧水常圍著青山轉」成了我心中牢不可破的阿里山經典形象，日後又從媒體得知阿里山五奇——日出、雲海、晚霞、森林、登山火車及姊妹潭的淒美愛情故事，它更昇華為浪漫唯美的象徵，可惜在台時始終緣慳一面，直到去秋回台才得識盧山真面目，卻從此打破了我這一輩子的迷思。

阿里山其實不是我想像中的一座山，而是泛指嘉義東方二十餘座高逾兩千公尺的山峰所在地。其名稱來源已不可考，但絕非傳說中的以鄒族首領「阿巴里」之名命之，現今的熱門景點是位於阿里山鄉的阿里山國家森林遊樂區。

山上林相豐富，最為膾炙人口的是並稱台灣檜木的紅檜和扁柏。一路上導遊不厭其煩的解說如何從外形上分辨二者：紅檜枝條往上，扁柏下垂；紅檜樹皮平薄呈縱條狀剝落，扁柏樹皮粗厚呈縱向溝裂；紅檜主幹多分枝，扁柏不分枝通體筆直；紅檜易受抹香腐菌的感染樹幹常空心，扁柏具耐腐性及耐（白）蟻性樹幹多為實心。

然而一眼望去盡是鬱鬱蒼蒼的高林大木，我還是傻傻的分不清楚到底誰是誰。導遊又拿出兩瓶精油讓我們從香味中分辨二者，遲鈍如我只嗅出了木材清香，卻無法區別二者之間的甜辣之分。

由於台灣檜木林生長的山區為原住民的活動地方，漢人不得擅入砍伐，直到日據時代才被日本人發現這珍貴的木材，也才有了阿里山林場及運輸木材的小火車，於一九一二年開始長達四十年的大肆砍伐，台灣檜木林遭到空前浩劫，三十餘萬株的原始檜木幾乎被砍伐殆盡。

台灣檜木生長速度極為緩慢，常需數百年的時間才能長成一棵大樹，而被日本人砍伐的檜木皆在千歲以上，早已在伐木工人心中成神，唯恐經此濫伐會遭到報應而拒絕砍伐，於是日本人在一九三五年蓋了「樹靈塔」以祭祀超度樹靈，伐木工人才肯繼續伐木。

「樹靈塔」有六層漸次縮小的環狀塔基，每一環層代表五百年的樹木年輪，圓筒狀的塔身高約二十公尺上刻「樹靈塔」三個大漢字，在參天大樹的掩映下，顯得有些陰森憂鬱，似在控訴著無盡的傷心往事。

在「樹靈塔」附近的巨木群棧道現有三十六棵紅檜存活，並非日本人好心特意留下，而是這些大樹不是長相不佳便是受到抹香腐菌的感染腐朽中空，再不然便是地勢陡峭或樹圍太大不易砍伐運輸。其中最高大的一棵是又稱第二十八號巨木的香林神木，樹齡兩千年，樹高四十三點五公尺，早在日據時代即被發現，但在阿里山神木的陰影下不為人知。同在「樹靈塔」附近的千歲檜，樹齡約兩千年，樹高三十五公尺，較香林神木略遜一籌。

廣受眾人膜拜的台灣地標阿里山神木，樹齡三千餘年，樹高五十三公尺，一九五六年不幸遭遇雷殛枯萎，一九九七年因連日大雨樹身不堪重負裂開傾倒，一九九八年正式放倒走入歷史。後由民眾票選的光武檜取而代之，並被更名為阿里山香林神木，正式成為第二代神木。樹齡約兩千三百年，樹高四十五公尺，也算是出類拔萃了。

當年被砍伐遺留下的樹頭、樹根在此隨處可見，體型巨大，姿態各異，知名的有三代木、象鼻木、金豬報喜和永結同心等。那些觸目驚心而無以名之者更引人深思這歷史的教訓，那原始檜木林遮天蔽日的景觀怕是永不再見。

看完神木導遊帶我們到慈雲寺附近看晚霞，可惜山下雲層太厚遮住了落日，只看到遠處一角霞光。當晚亦因雲層太厚沒有看到滿天繁星。次晨我們選擇到玉山塔塔加看日出，與祝山小火車失之交臂。途中見識了鹿林神木，樹齡約兩千七百年，樹高四十三公尺，為台灣第二大神木。因其位於懸崖之下才在日據時代倖免於難，也因此鮮為人知。由上俯瞰神木但覺枝繁葉茂，及至下達崖底繞到樹後面才發現它是個空心大佬官，回程那幾百級的上行台階將我整慘，也害得全車年輕人等我一個。

司機老神在在的將我們載到了觀日點，排在車隊最後。前面萬頭攢動，小販吆喝聲此起彼落，司機們的二手菸隨處飄散，陰沉的天空上有幾道粉紅雲彩，日頭卻始終沒能破雲而出，過了預定的日出時間眾人一哄而散，司機淡定的說沒關係下次再來，豈知這是我一輩子的念想，明日隔山岳，下次不知何時？

十一月初的阿里山，春櫻早謝，秋楓未紅，山上兩天太陽不曾露臉，波瀾壯闊的雲海蹤影全無，雖吸足了芬多精但阿里山五奇只看到了森林一奇。除了姊妹潭外沒有看到任何溪流、山澗或瀑布，姊妹潭很小但碧綠清澈，較大的姊潭有兩座相連的茅頂木亭，以被砍伐的檜木樹頭樹根作為亭基，饒富思古幽情，唯姊妹殉情的愛情故事純屬虛構，有些煞風景。

抱憾返美後才知〈高山青〉原是電影《阿里山風雲》的主題曲而非高山族民歌。這是第一部以台灣為背景的國語電影，一九四八年開拍於上海後完成於台灣。當時台灣剛光復不久，劇組人員對台灣的風土人情所知不多，從未去過台灣更遑論阿里山。因電影需要來自四川的作詞者鄧禹平在追憶巴山蜀水中獲得靈感，寫下了〈高山青〉的雋永歌詞，導演張徹（浙江人）為之譜曲，女主角張茜西（四川人）主唱，從此一炮而紅。

莫怪我錯思錯想了一輩子，原來〈高山青〉所傳唱的是思念常圍著故鄉轉，而非「碧水常圍著青山轉」。

（二〇一九年三月二十日，發表於《世界日報》副刊）

女王頭別來無恙否

在我出國留學前只去過野柳一次，不確定是小學還是初中時的「北海一周」遠足。當年交通不便，由台北到野柳是大事一樁，坐什麼車去的已不復記憶，只記得當時天色灰濛，黃沙滿地，站在海邊風浪一陣緊似一陣，天真的以為這就是天之涯海之角了，至於那些奇形怪狀的岩石完全沒有印象，對它們的成因和演變更是一無所知，唯一深印腦海的只有那個孤零零的女王頭，脖頸豐潤，雲髻高聳，顯得那樣的高不可攀，但看不出來她到底是像古今中外的哪一個女王？

時過境遷，儘管自己早已由年少變白頭，然而女王頭卻在記憶中不老，永遠保持著盛髻豐頸的優雅姿態，卻不知在新聞中的她也有美人遲暮的一天，受風化影響，她的脖頸日漸消瘦，甚至還有可能在地震中斷頸消失。這些新聞絕非空穴來風，都是有數據根據的，再加上友人描述，難免心驚，因此今夏過境台灣時特意安排一天重遊舊地，想看看女王頭是否別來無恙？

野柳位於台灣新北市萬里區，為大屯山餘脈延伸入東海中的岬角，全長一點七公里，最寬處不及三百公尺，從金山遠眺像隻烏龜俯臥海中，故又稱「野柳龜」，至於地名則是由西班牙文「魔鬼之岬角」的發音而來。經過千萬年的地殼運動、海浪侵蝕及風化作用，產生獨特的地質景觀，地層為厚層砂岩，顏色多呈金灰和黃灰，可能因此讓幼小的我誤為黃沙遍地。

我們幾個人預訂了一輛小巴做台灣東北角一日遊，漫天風雨中抵達首站野柳，一下車便被一片傘海嚇倒，耳邊聽到的盡是陸客的南腔北調而非我們熟悉的台灣國語，漂亮整潔的步道、路標及花草樹木皆不存在於記憶之中，一時竟不知身在何處，大有作客異鄉的錯覺。

園分三區，第一、二區均以蕈狀岩和薑石為主，第一區數量較多，內有著名的燭台石和冰淇淋石，但最負盛名的女王頭卻位於第二區。第三區是海蝕平台，一側緊貼峭壁，另一側濱臨大海，多奇岩怪石如二十四孝石、瑪伶鳥石等，具為形狀特殊的結核。所謂結核乃包藏在地層中的鈣質砂岩及塊石，質地堅硬，是奇岩怪石形成的關鍵。

進入園區立刻被人潮淹沒，根本分不清楚哪一區是哪一區，又不敢隨便彎入岔路，只能隨著人潮往前推擠，不期看到一尊銅像，十分好奇，走近一看竟是林添禎銅像，一時勾起了塵封已久的記憶。

林添禎於一九六四年在仙女鞋附近躍海拯救落水的台大新生，卻被大浪吞沒雙雙遇難，他的見義勇為轟動了當時整個社會，更感動許多人慷慨解囊撫助他遺留下的妻兒老小，在海邊豎立銅像紀念他的義行，並將其事蹟編入國小教材，作為學生的學習典範。銅像並非立於落水處，無礙天然景觀，卻幾度瀕臨拆遷厄運，幸能屹立至今，其事蹟才不至被後人遺忘。

大夥一心惦記著女王頭，奈何無處不在的傘陣遮蔽了視野，從傘隙中窺見一塊高聳的岩石以為那就是女王頭，急步向前，奇怪的是女王頭怎會上了山還有台階可通？而且脖頸髮髻全都變了樣，近看方知這是瑪伶鳥石而非女王頭。相傳曾有荷蘭船隻在附近遭逢海難，當時船員均已罹難，只有船上小鳥停在石上一直呼救至死，遂以其名（Marine Bird航海的鳥）命之。下得台階，回頭再看它確有幾分回首遠眺的神態。

風雨轉劇連傘都撐不住，不敢貿然朝海邊繼續前行，隨著人潮彎入另一條步道，大大小小的蕈狀岩赫然入目，此即二區所在。蕈狀岩的成因源於岩柱上方是鈣質砂岩較下方岩層堅硬，經過長期風吹、日曬、雨淋及浪打才形成上粗下細的蘑菇狀，因而得名，又因侵蝕程度不同而有粗頸、細頸和無頸之分，女王頭即為蕈狀岩的最佳代言人。

看到一群人圍著一塊岩石不停拍照，遂湊過去一瞧究竟。這塊不規則形的岩石很有意思，中間有一圓洞似開了一個天窗，可以看到背面的大海。岩石右半較高似挺直脖頸的史努比側臉，左半較胖像一隻趴著的哈巴狗，二者正嘴對嘴親吻著，是為「親吻石」。若從哈巴狗背面看去，卻變成了一隻蹲坐在地上的大金剛，故又名「金剛石」。

在金剛石附近有一個帶缺口的圓形結核，上面有因岩層受到推擠而形成的格子狀裂縫，渾然天成一個可口的菠蘿麵包，可惜被眾多熱情遊客觸摸過度，終至被吃掉了一口。

二區海邊岩層粗糙，灰中帶黃，上有縱橫交錯的紋理一如老薑，難怪被稱作薑石。濱海的一塊狹長薑石久經風浪侵蝕，造就了仙女鞋、地球石和花生石等天然藝術品。傳說仙女鞋是仙女下凡收服野柳龜時，遺落凡間的一隻鞋子，此說雖不可信，但其逼真程度足以亂真。位於仙女鞋右下方的一個圓球形結核號稱地球石，然而它靜臥於背海的槽溝處宛如一顆待價而沽的明珠，珠石之名似更貼切。仙女鞋左方靠海處的花生石，原為結核，卻被風刀水劍雕琢成了花生模樣，這造化之功令人驚嘆不已。

忽聞背後人聲喧嘩，有人高喊著「女王頭我來了」，莫非眾裡尋她千百度的女王頭就在身後？猛一回頭只見一被石塊圈圍的蕈狀岩矗立眼前，身材矮小，我無須抬頭仰視即盡入眼底，頸細髮稀，形容憔悴，這怎麼可能是那記憶中高不可攀的女王頭？下面的木棧道上有成群陸客搶著拍照，附近有一警衛看守，任何人不得越雷池一步，看這陣勢應是女王頭沒錯，但這巨大的落差實難立刻接受。

惆悵中「少小離鄉老大回，鄉音無改鬢毛催，兒童相見不相識，笑問客從何處來」這首詩驀然浮上心頭。去國離鄉四十餘年，我由少女而為人妻、為人母，進而為人外婆，人生風雨早已將我吹打得面目全非，年輕時的夢想激情盡付流年，人生不滿百尚且難敵時間之刀的切割，更何況是四千高齡的女王頭？焉能不老？焉能不衰？

心緒尚未收攏，步履卻被打亂，竟然和同伴們走散了，獨自走在陌生的人群中和陌生的道路上，一如當年初履異邦時茫然不知所措，縱然雨水模糊了視線打溼了衣鞋，也只能硬著頭皮續往前行，不能回頭。

誤打誤撞闖到了一區，意外得見俏皮公主的風采。唯恐女王頭頸斷消失，各方都在密切注意並尋求補救方法，最後一致認為女王頭既來自大自然亦應回歸大自然，決定不做人工修補，唯圈石保護防止人為破壞，另外由民眾票選女王頭的接班人，由俏皮公主雀屏中選。

俏皮公主和女王頭同為蕈狀岩，二〇一〇年因風化崩落了一塊岩石，崩裂面酷似女王頭，但髮型略有不同，女王頭梳著高聳的貴婦頭，她則紮著高端馬尾，臉頰脖頸豐腴，煥發著青春光采，封為俏皮公主實至名歸。

欣喜女王頭後繼有人，亦對大自然的消長釋懷，因為這個世上原無永恆不變的東西，一代人有一代人的夢想和回憶。青春雖已老去，但回憶中的女王頭永遠風華正茂。

（二〇一九年十月八日，發表於《世界日報》副刊）

古蹟層疊的北以色列

由下榻的提比利亞北上該撒利亞腓立比途中，遠遠就看到一座白雪覆頂的山，正是詩篇提到的黑門山，高兩千兩百二十四公尺是以色列境內最高的山也是唯一可以滑雪的地方，水量豐沛號稱黑門甘露。

位於黑門山麓的該撒利亞腓立比，在約但河四大源頭之一的班尼亞斯泉（Banias Springs）源頭附近，水源充足，土壤肥沃，歷來異教神廟充斥。泉水源出的潘尼亞斯（Panias）洞穴，從主前第三世紀始成為異教徒膜拜中心，在其上的懸崖峭壁上鑿有許多神龕，其中最大的一座神龕即供奉著半人半羊的恐怖之神潘神。目前神像皆已蕩然無存，潘神廟（Temple of Pan）只殘餘地基、台階及半截石柱，很難想像當初的希臘羅馬神殿造型。

加利利海位於該撒利亞腓立比之南，長約二十一公里，寬約十三公里，是以色列第一大淡水湖，也是世界上海拔最低的淡水湖，更是與新約《聖經》息息相關的地方。也許是被那個海字誤導，一直以為加利利海浩瀚無邊，其實它遠不及我熟悉的密西根湖深廣，坐在船上全海一覽無遺。由於東邊戈蘭高原高過西邊的山地，冷重的空氣由東向西下瀉，經常引起海上風浪，耶穌即曾平靜風和海及在海上行走。

幸運的是那天風平浪靜，甚至感覺不出是身在船上。四周山丘起伏，唯有西邊有一個缺口，好像是特意為這強風預備的一個出路。

湖中多魚產以彼得魚最出名。《馬太福音》十七章記載有位迦百農的稅吏前來問彼得說「你們的先生不納丁稅麼」，耶穌問明情由便命彼得前往海邊釣魚，最先釣起的那條魚口中有一塊錢可作稅銀，這便是彼得魚之名的由來。彼得魚也就是台灣引進的吳郭魚，但沒有土味，整條魚經油炸後還算鮮美可口。

耶穌出來傳道後常在加利利海邊行走，彼得和他兄弟安得烈是在海邊最先被召的門徒。先知約翰被希律王所殺以後，耶穌和門徒退到野地裡去，眾人隨之前往，耶穌憐憫他們醫好了許多人的病，天將晚時，耶穌要門徒給眾人吃食，安得烈由一孩童處得到五個餅和兩條魚，經耶穌祝禱後不光餵飽了五千個男人還有剩餘。

位於加利利海西北岸的塔加的天主教教堂即為紀念此神蹟而建，是為五餅二魚堂。白色教堂有一個拱門迴廊及兩個側廊，裡面有一個圓形大吊燈，其上有十二盞燈，燈下是一個小祭壇，壇下地上有一塊黑色石灰岩，傳說是放置五餅二魚的石頭，壇前地板上有馬賽克鑲嵌的兩條魚和一筐餅，其中寓意盡在不言中。

不遠處海邊是彼得受職堂（Church of the Primacy of Saint Peter）。黑岩砌造的長方形教堂很小，最惹人注目的是祭壇前那塊被稱作「基督的桌子」的石灰岩，據信是耶穌復活後第三次向門徒顯現並替他們預備早飯（餅和魚）的地點。飯後耶穌三次問彼得是否愛主更深？並三次要他餵養主的羊，彼得不單接受了這職責並殉道以終，此即彼得受職堂得名的由來，園中有座雕像將此情景生動的表達出來。

迦百農位於塔加東北方，是羅馬道路經過的一個商業重鎮，耶穌的第二故鄉和傳福音的中心，在此行了許多異能奇事如呼召稅吏馬太、醫好一個手枯乾的人、醫好一個患血漏的女人、叫管會堂的睚魯的女兒復活、醫好百夫長的僕人等，但人們始終不肯悔改，因而預言「迦百農阿你已經升到天上將來必墜入陰間」。

因著這句預言考古學家在此深挖，認為現在這所白石灰岩的迦百農會堂（The Capernaum Synagogue）建於主後四或五世紀，但其黑色玄武岩的地基牆及地板乃一世紀也就是耶穌時代的產物，白色會堂很可能就是建造在黑色會堂之上。

會堂分為禱告室、庭院、門廊和旁室四個部分，從現有廢墟已不易分辨但由殘餘的石壁、石柱、柱座、門框和其上雕飾仍可想像出當初的手彩。

會堂外面有一座八角形的教堂（Octagonal Church）相傳是彼得的故居。教堂四面皆窗，狀似體育館，中間用鐵欄杆圍起，底下廢墟堆中便是彼得的家，耶穌由會堂至此醫好彼得岳母熱病的情景恍如目前。

除了在會堂教訓人外，耶穌也曾在附近的八福山（Mt. Beatitudes）上論述八種福氣——虛心的、哀慟的、溫柔的、飢渴慕義的、憐恤人的、清心的、使人和睦的，以及為義受逼迫的。

山上現有一座八角形的天主教堂，靠近四世紀拜占庭教堂遺址也就是耶穌論述登山寶訓的地方。教堂用當地的黑色玄武岩建成，四周環繞著一圈白色圓拱石柱迴廊，堂內拱形圓頂上有標誌「八福」的八種顏色彩繪玻璃窗，其上鏤刻著耶穌論八福的部分文字，故而名為

「八福堂」（Church of the Beatitudes）。堂內神聖肅穆，堂外花木扶疏，適於靜思默禱。

耶穌出生在伯利恆但長在位於以色列中北部的拿撒勒，一個沒沒無聞人口不足五百人的小村莊。現有人口約六萬五千人，主要是阿拉伯人，其中三四成是基督徒，是以色列最大的阿拉伯城市。

位於舊城廣場的「天使報喜堂」（Basilica of the Annunciation Nazareth）是遊客必到之處。這座現代教堂是建造在同一遺址上的第五代教堂。

一面屏風似的米色石頭外牆將教堂遮住，牆上有用粉紅色石頭鑲成的道道橫條和兩組浮雕，最上面一組是天使長加百列和馬利亞，下面四個雕像分別是四福音書的作者馬太、馬可、路加和約翰，他們都仰頭坐著，彷彿正在聆聽加百列向馬利亞宣告喜訊。正門兩扇銅門上有左右對稱的四組浮雕，概括耶穌生平八個重要事蹟。

教堂分兩層，下層地穴保存了古教堂的「聖穴」；上層為華麗的天主教堂。「聖穴」即瑪利亞的故居，也是天使長加百列向她報喜訊說她將要由聖靈受孕生子，取名叫耶穌的地方，現用鐵欄杆圍起，洞內只看到一張刻有「道在此成為肉身」的祭壇，其餘的細節都看不清楚，不過一想到耶穌曾在此出入便心生敬慕。

大堂拱頂高十七層，寬敞明亮，充滿三角幾何線條，四周鑲有彩繪玻璃，牆上陳設著世界各地天主教堂捐贈的瑪利亞馬賽克畫像，其中居然還有一幅媽祖造型的瑪利亞。

迦拿是位於拿撒勒與迦百農之間的一個小村莊，原本不為人知，但因耶穌在此行了以水變酒的第一個神蹟而聲名大噪。

1
2
3 4

1.放置五餅二魚的石頭
2.彼得魚
3.天使報喜堂內的聖穴
4.迦拿婚宴教堂

約翰福音記載耶穌和他的門徒與馬利亞到迦拿參加婚宴，席間酒沒有了，這是件讓主人大失面子的事，馬利亞將此事告訴了耶穌並要僕人照他的吩咐而行。照猶太習俗門口有六口儲水大缸供人洗腳之用，耶穌叫僕人將缸加滿了水，然後舀出送席，眾人皆讚酒好，婚宴得以歡樂進行。

現在的迦拿婚宴教堂（Cana Catholic Wedding Church）便是為紀念此事而建的，它是建造在四世紀猶太教堂的遺址之上，相傳是迦拿婚宴的地點。鑲有數尊雕像的白色石磚教堂顯得十分聖潔，頂上左右兩座藍頂鐘樓似明燈伸向藍天。教堂內有拱門及拱頂石柱，古樸肅穆，許多新人喜於此處舉行婚禮，或在此重申盟約，以示對婚姻的尊重。

地窖中有些古老的石頭和受浸池，並有一個可能是四世紀時的大石缸以象徵耶穌以水變酒的水缸。另有一個原為蓄水池的許願池，已用玻璃覆蓋並圍以欄杆，免得遊客續往裡面投錢幣、紙條和雜物等。

耶斯列平原以西的米吉多其希伯來語意為集合地點或軍隊結集，位於歐亞非三洲交會的樞紐中心，自古以來為兵家必爭之地，啟示錄更預言它將是世界末日戰爭的地點。

古城經過無數次戰爭洗禮，一再被破壞和重建，層層堆疊成了二十一公尺高的考古山丘，共有二十六個文化層面，時代跨越六千年前的銅石時代至二千多年前的鐵器時代。

米吉多國家公園雜生著棕櫚樹，放眼望去滿是斷壁殘垣，若非導遊解說還真看不出這些不起眼的石頭大有來歷。首先看到一座石梯，旁邊有塊散置石塊的窪地，竟是鐵器時代的蓄水池。接著是迦南人的門共有三道，第一道是西元前十五世紀迦南人所建的城牆，中間的是西元前九世紀所羅門王時的城牆，最裡面的是西元前十八世紀的城牆，具皆方正厚重。

園內殘留有各個不同時期的宮殿、墓室、馬廄、穀倉和神廟等廢墟，若無人指點實在分不出哪是所羅門王的北宮和馬廄，哪是迦南人的宮殿，只有一個圓盤狀石堆讓人連想起祭壇，果不其然這裡曾蓋有十七個神廟，跨越了兩千年不同的年代。

站在八號觀景台可看到整個耶斯列平原，阡陌縱橫，沃野千里，不愧是舊約時代的肥美谷和現今以色列的穀倉。

這個古城雖然扼住兩條通道易守難攻，但唯恐缺水，西元前十世紀，建了往下一百八十三階的祕密地下道通往水源。地下道裡幽暗涼爽，很像圓圓的山間隧道，洞底有一潭綠水深不可測即是古城水源所在。

現在的該撒利亞位於海法和特拉維夫兩大海港之間，古時則位於推羅與埃及之間的通商衢道上，港口南北兩面有堅固的防波石堤，是內陸和海上貿易中心。因耶穌誕生而殺害兩歲以內幼童的希律王以此為首府，廣為修建海岬王宮、羅馬劇場、希律海港和引水渠。拜占庭時代又被大肆擴建，其後數異其主並遭破壞，一二五一年再被十字軍重建，可惜在十四年後被滿美露（Mameluke）攻占，為防止外敵自海上入侵，毀去海邊所有的設施，自一二六五年起荒廢至今。

這片廢墟現為該撒利亞國家公園，海邊漫生著雜草和黃色野花，藍色浪花靜靜拍打著礁岩，殘柱斷牆之間彌漫著繁華落盡的氣息。伸入海中的海岬王宮早不復見，海邊只留下破損的游泳池框架，力圖框住往日的歲月，其旁遺有兩方原屬餐廳的殘缺馬賽克地板，依稀可見當初的光彩。

附近的圓形羅馬劇場，目前只剩下觀眾席座椅部分，環繞的圓拱柱石迴廊蕩然無存，舞台區殘留著斷裂石柱、傾倒的雕飾柱頭及許多無頭凱撒雕像，彌足珍貴的是在劇場裡發現了一塊刻有彼拉多名字的石碑，此處展出的雖是複製品，一樣讓人不忘這位宣判無罪耶穌釘十字架的羅馬總督。

公園占地甚廣，除了海岬王宮和羅馬劇場外，尚有競技場、賽馬場、公共浴室、十字軍城堡、神廟台等，可惜均無暇參觀即轉往公園外的該撒利亞水道。全長十餘公里的水道由迦密山腳引進泉水，作為灌溉與飲水之用。造型酷似圓拱長橋，部分底座已被黃沙淹沒，石磚多有破損，水道中雜草叢生，然而落魄中仍不失其磅礴氣勢，夕陽殘照中更加惹人撫今追昔。

（二〇一九年十月十三日，發表於《世界周刊》No.1856）

1 1.希律王海岬王宮遺址
2 2.該撒利亞水道

登上馬薩達

從耶路撒冷搭車前往馬薩達（Masada），一路奔馳在黃沙滾滾的沙漠上，頭上是藍藍的天，一邊是莽莽岩石，一邊是茫茫死海，黃藍顏色對比分明，間或還有綠色的椰棗林點綴其間，景色壯麗得超乎想像之外。在一片懸崖峭壁之間一座獨立平整的高原赫然入目，吸引著所有人的視線，原來它就是代表以色列精神的馬薩達。

馬薩達位於死海西南岸，其西伯來語意為山寨、城堡，峰頂海拔六十公尺，高於死海海平面約四百八十八公尺。高原東鄰朱迪亞沙漠（Judean Desert），西接本雅爾谷底（Ben Yair），地勢東高（四百公尺）西低（九十公尺），除了東側的蛇道外所有天然道路均險峻難行，這易守難攻的特性使其成為天然的防禦堡壘。

關於馬薩達的歷史主要是根據約瑟夫．弗拉維斯（Josephus Flavius）所著的《猶太戰記》一書。他是一世紀時著名的猶太歷史學家及羅馬軍官，也是馬薩達淪陷之役的目擊見證人。

馬薩達最初城堡由何人何時所建，至今尚無定論，可以確信的是西元前三七年希律王曾在此大肆修建宮殿、游泳池、羅馬澡堂、糧倉、蓄水池、炮台和城牆等，作為外敵入侵時的避難所和冬季行宮。希律王死於西元前四年，猶太王國於西元六年亡於羅馬帝國，曾

1/2

1.馬薩達
2.遙望北宮

有羅馬軍在馬薩達駐紮至西元二世紀初。

猶太亡國以後，猶太人不服羅馬統治多有反抗，彎刀黨於西元六六年征服馬薩達。西元七〇年耶路撒冷及第二聖殿皆被摧毀，許多人逃到馬薩達投入以利亞薩・本・雅爾的麾下，馬薩達成為起義的最後據點，他們還建造了猶太會堂和浸禮池，並儲備了大量糧食和飲水。

西元七三年羅馬第十軍團計八千人包圍了馬薩達，在其周圍搭建了八座營地和城牆，並用被俘的猶太人在西邊以泥土和木架修築了一個坡道，三個月後即由此坡道一舉攻破馬薩達，然而他們所面對的卻是九百六十具屍體，燒毀的城堡和一座完好的糧倉。

令人奇怪的是在羅馬軍圍城期間，起義軍沒有發動任何攻勢，只是一味死守不出，是自知寡不敵眾？不忍傷害修築坡道的同胞手足？還是自恃糧水充足及地勢險要足以抗衡驍勇善戰的羅馬軍？直至他們發現坡道即將築成城破就在旦夕之時，領袖以利亞薩發表了兩次演說，說服所有人寧可自殺身亡也不要活著做羅馬人的奴隸，並決定燒毀所有物質只留下一座糧倉，證明他們並非因彈盡糧絕而亡，而是他們選擇寧死不做羅馬奴隸。

這是一個十分悲壯的決定，但因猶太教不允許自殺，於是在尼撒月十五日即逾越節的第一夜，由十個代表負責殺害自己的親屬，然後他們再抽籤讓一個代表殺死其他九位後自殺。導遊說約瑟夫不知做了什麼手腳，他成為最後剩下的那一個人，出人意表地他非但沒有自殺，反而投降了羅馬軍，由於預言維斯帕先快要當皇帝而倖免一死。後來維斯帕先真的當了皇帝並釋放了他。戰後他在維斯帕先之子提多的資助下定居羅馬，專心寫作。

根據他的記載當天有兩名婦女和五個小孩藏在山頂蓄水池而逃過一劫，並將真相告訴了羅馬軍隊，等到他的著作問世，這段祕辛才廣為人知，「馬薩達永不再淪陷」更成為今日以色列的立國精神。

由蛇道搭乘纜車上山，下可看到羅馬軍隊的長方形營地遺址，上可看到殘餘的石頭城牆和塔樓，攻守難易一目了然。進城後首先看到的是採石場，此地盛產白雲石是希律建宮的石材，採石場後改為北宮的護城河，難怪看起來像乾涸的水道。旁邊是司令官的住宅及司令部總部，便於監視保護北宮的出入口。牆上還留有彩色的石膏畫作，可見當時生活的講究。

司令部總部的北面是二十九間儲藏室，用以儲存糧食、油、酒和武器，一些房間隔間石壁仍保存良好，據約瑟夫稱當時儲存糧食足夠幾年食用，奈何造化弄人只撐了三個月便城破人亡。

穿過儲藏室有台階可通向北宮。北宮高三十米計有三個平台，各有階梯相通，這些台階大概有十層樓高，上下費時導遊沒有帶我們去參觀，後來在北宮觀景台遠遠瞧見第一、二層的方形和圓形遺址輪廓，至於高大雄偉的宮殿造型僅能憑想像。

羅馬浴室是羅馬文化必不可少的一環。由模型可看出浴室非常考究，有圓柱排列的前庭和會客室、台階池、更衣室、冷水室、溫水室和熱水室等。如今當然看不出這些細節，不過牆上仍殘留著彩色畫作，熱水室的結構亦粗略可見，它有兩層地板，中間是陶土做的支撐小管，在底下加熱，經由地下和牆上的陶土小管將熱氣釋放出來，這真是獨特而有效的供暖系統。

穿過一道走廊即是籤室，在這兒曾發現成千上百的陶片，上面有很多名字，有一組陶片上有彎刀黨司令官的名字，考古學者認為這和約瑟夫敘述的最後一夜的抽籤有關，無論真假都讓人思之淒然。

馬薩達處於沙漠之側，供水是個不容忽視的大問題。在北宮觀景台看到一個水利系統模型後才明白希律人是如何解決這個問題的。原來希律人在此建了一個堤壩，將水由水道分流到斜坡上的兩層蓄水池中（八個在上，四個在下），共可容納四萬立方米的水。然後用牲畜沿著許多小徑將水馱至山頂，倒入渠道系統便可分送各處。在籤室附近有一個蓄水池遺址，如果不加說明還以為只是一個坍塌的洞穴而已。

會堂和猶太人的生活息息相關，在這也有一座由希律時的馬廄改建成的會堂，裡面有成排的石砌條椅和幾個半截圓柱，不知以利亞薩是否曾在此發表他的最後演說？另有一間藏經室，遺有《聖經》卷軸殘片，是目前僅存的第二聖殿時期的猶太會堂之一。

希律在修築西面城牆之前蓋了兩個壁龕塔（Columbarium Tower），下面用來養鴿子，鴿肉可供肉食，鴿糞可作肥料，上面則是守衛瞭望塔。眼前所見是幾堵坍塌的石頭牆和殘餘地基，其中一堵牆上遺有用磚頭間隔出神龕般的空格，這可能是塔名的由來吧！

再過去便是令人扼腕嘆息的城破處（The Breaching Point）。起義軍在缺乏石材的情況下以木頭泥土築了一道內牆，並以投石來抵抗羅馬軍，豈料羅馬軍建造了一個活動塔架，既可俯瞰牆內又能以弩炮和箭向內炸射，在炸破外牆後繼以火攻焚毀內牆，馬薩達隨之淪陷。

站在城破處下望羅馬人修築的坡道，正有一隊遊客努力往上爬著，彷彿看到羅馬人正在奮力攻城的慘烈景象。羅馬人雖征服了這座城，卻征服不了誓死不從的猶太人。更弔詭的是不可一世的西羅馬帝國亡於西元四八〇年，東羅馬帝國殘存至西元一四五三年，迄今未能東山再起，而猶太人卻於亡國兩千年後神奇復國，儘管列強環伺，戰火頻仍，始終屹立不倒，「在曠野開道路、在沙漠開江河」，馬薩達勢將永不再淪陷。

（二〇一九年六月二日，發表於《世界周刊》No.1837）

1 1.城破處
2 2.羅馬人修建的攻城坡道

穿越約旦千年古文明

約旦西接以色列，北連敘利亞和伊拉克，東與南邊緊鄰著沙烏地阿拉伯，其經濟和戰略地位的重要性不言可喻。舊約時代分為基列、亞捫、摩押和以東四個區域，先後被喜克索人、埃及人、希臘人和羅馬人征服。現在人口多為信奉回教的阿拉伯人，基督徒僅占約百分之四的人口。

粉紅迷城佩特拉（Petra）

世界七大奇景之一的佩特拉（Petra）古城位於約旦南部，隱藏在阿拉伯谷東側一條狹窄的狹谷之內，西元前一世紀曾為納巴泰帝國首都（Capital of The Nabataeans），但建城時間已不可考。它北通大馬士革，南達紅海，西經加薩走廊入地中海，東邊的沙漠背後是波斯灣，控制了貿易通商的主要路線，後雖經羅馬帝國併吞仍持續繁榮了許久，直到西元四世紀因大地震的摧毀和貿易路線的改變才真正的沒落了。

一八一二年瑞士探險家約翰·貝克哈特（Johannes Burckhardt）喬裝成阿拉伯人重新發現了這座失落的古城，從此吸引無數遊客前往，其後又因電影《聖戰奇兵》的熱播而更加名聲大噪。

佩特拉源於西伯來文語意為岩石，此城也的確建築於群岩之中，砂岩質軟易於雕鑿，無論神廟、墓穴、廊柱、住宅、劇場等皆於岩上雕鑿而成，岩石以紅色為主但亦摻雜黃綠藍紫白等諸多色彩，在陽光照射下呈現美麗的玫瑰紅，因而被稱為玫瑰城。

在進口左方遠處山頭可看到一個白點，傳說是摩西之兄亞倫的墓穴，可惜無路可通無從辨別真假。路上第一個看到的具體墓穴是Bab Al Siq意指「通往西克峽谷」。鑿在三塊大方石的墓上面有四座金字塔，下面是一座宴會廳，碑文指出這是一個家庭墓穴，建於西元四〇至七〇年。

令人稱奇的是在這寸草不生的地方居然有一棵無花果樹由岩縫裡橫向生出，不僅枝繁葉茂還結滿了果子。

進入城內盆地的唯一通道是一點二公里長的狹長西克峽谷（The Siq），曲折如蛇行故又稱蛇道，它是由山體自然分裂形成的，有兩條石頭鑿出的水道沿著兩側岩壁運行，另有黏土管、水壩、蓄水池分布各處，收集雨水和泉水供給各處用水，這完善的水利工程充分顯示出納巴泰人的高度智慧。

在一個有兩個分支的引水道旁有半尊雕像，像是一個赤腳女人斜倚在水道上方的岩壁上，剛好形成一個小通道，不知是未完成的雕刻藝品？還是故意隱喻不知名的水道守護神？

峽谷最寬處約七米，最窄處僅二米左右，兩邊岩壁厚重高聳，仰首藍天頗有一線天之感。岩壁上多有明顯的橫直、螺旋或波浪紋路，在光影的撥弄下透著迷幻色彩，讓人生出無窮遐想，一處凸出岩塊即不可思議地幻化出眉眼口鼻具全的人臉側影。未幾峽谷豁然開朗，四十米高的卡茲尼神殿（Al Khazna）矗立眼前，儘管曾在各種媒體上看過它無數回，終不及親眼目睹來得震撼。

當地的貝都因人傳說神殿頂部藏有寶藏，故俗稱寶庫。神殿建於西元前一世紀，建殿原因及確切時間不詳。底層是六根圓柱撐起的迴廊，柱頂、横樑及門檐皆有精緻雕飾，上層有三座神龕，龕內及凹陷處共有九座神話人物雕像，頂端有四尊雄鷹雕像，但由於兩千年來的風沙侵蝕，許多細節均已無從辨認。

走過神殿進入古城核心大廣場，視野頓時開闊起來，其中最惹人注目的是能容四千人的羅馬式扇形露天劇場，它是世界上唯一由岩石雕鑿而成的劇場。其旁是蜂巢般的石窟群，內有許多鑿山而建的寺院、住宅、浴室、宮殿和墓窟等。

由露天劇場北行是柱廊街，它曾是古城最主要的購物街之一，如今僅殘餘一排高低不齊的圓柱供人憑弔。

不遠處是建於西元前一世紀的大神殿（Great Temple），面積高達七千平方米，是佩特拉最大的獨立式建築，也是權力和崇拜中心。

神殿計有兩層，登上巨形樓梯可來到下層神殿，是一個鋪有六角形石頭的大型露天廣場，兩側各有三排柱廊圍繞。東西兩邊有樓梯通往上層神殿，內有最多可容納六百人的半圓形劇院和寺廟。

廣場原有百餘根包有大理石的圓柱，如今都已殘缺不全，但廣場後方仍堆積著成排用

1.卡茲尼神殿（上）
2.馬賽克鑲嵌的中東地圖（中左）
3.尼波山上的銅蛇藝品（中右）
4.俯瞰大神殿（下）

以合成圓柱的大圓盤，由上層俯瞰好似一串巨人遺落的古錢幣。劇院原有十三排座位現雖只剩五排，但都保存良好，只是寺廟傾塌難以辨認全貌。縱然神殿只剩斷壁殘垣，但站在上面仍能想見當年的恢宏氣派。

露天劇場東邊有四座皇家陵墓，是從Jabal al-Hubta岩體的西部陡坡上雕刻出來的，這裡的岩石方正厚重，諸色紛陳且紋路分明，好似一幅幅的抽象畫耐人尋味。

甕墓（Urn Tomb）據信是納巴泰帝國巔峰時期一位重要國王的墳墓，在拜占庭時期被改建為基督教堂，並加入前院的拱形拱頂下部結構。前壁雕有四根高大的石柱，其與門框下部皆已風化，石柱之上的雕飾模糊不清，穴內空無一物唯石壁色彩斑斕如昔，穴頂顏色鮮明類似老虎斑紋。在山形牆的最頂部有一個骨灰罈，是以被命名為甕墓。

緊鄰的絲墓（Silk Tomb），規模雕飾皆遠不及甕墓，因墓前石壁上有著絲縷般的五彩紋路而得名。

科林斯墓（Corinthian Tomb）結合了多種建築風格元素，下半部雕有多根圓柱，上半部則有三個類似卡茲尼神殿的神龕，可惜全都被嚴重侵蝕。

最後一座是宮殿紀念碑（Palace Tomb），外牆極大看起來像一個宮殿，高與寬同，寬約五十米，上半部有一部分不是從岩石中雕鑿出來而是人工建造的，宮殿雖有侵蝕但仍看得出雕工繁瑣精美。

為了保存古風，城內道路仍維持傳統的鵝卵石泥巴路，曲折起伏並不好走，一不留神還會踩到地上馬糞，輪椅在此毫無用武之地，行動不便者可騎馬、騎驢或乘坐馬車，不過馬車異常顛簸，生手騎馬或驢也不好受，最好還是步行。

一路上都有穿著古裝的阿拉伯人纏著要你騎馬或乘驢，賣明信片的貝都因幼童奔前竄後用華語吆喝著「一美元」，操著各種口音不同膚色的遊客四面八方推搡著你，行走其中頗有「千年如已過的昨日，又如夜間的一更」的感慨。

馬賽克之城米底巴（Madaba）

納巴泰帝國消失之後，羅馬帝國統治了約旦，北部十城結成邦聯，以拜占庭式的馬賽克鑲嵌畫聞名。位於尼波山（Mt. Nebo）東南的米底巴（Madaba）即號稱「馬賽克之城」，它是古代摩押王國的一部分，曾被以色列人征服過，也是最早的基督教城市。

在聖喬治希臘東正教教堂內的地板上，有用馬賽克鑲嵌的古代中東地圖，是世界上現存最古老的中東地圖，製成於主曆五六〇年，可惜至今只有約四分之一的地圖被保存下來，所幸色彩依舊鮮明。

該地圖由兩百餘萬個以灰色為基調的馬賽克小磁片鑲嵌而成，不僅精準標示出了當時中東的城市、河流及海洋的位置，其上並有魚、鹿、樹木和房屋等實物圖案。

摩西死處尼波山（Mt. Nibo）

根據舊約《聖經》記載尼波山是摩西生前最後所在的地方。摩西曾帶領以色列人出埃及渡紅海，在曠野漂流了四十年，但因在米利巴違背耶和華命令，擊打了磐石兩次而不得進入迦南美地。耶和華在尼波山上把迦南全地都指給他看，但他卻不得進去且死在山上，由耶和華親手埋葬，然而至今無人知道他的墳墓在哪裡。

尼波山高八百七十公尺，站在山頂視線還算遼闊，可惜當天不夠晴朗，看不到死海、約旦河和橄欖山，但見禿山連綿起伏，完全不是想像中的沃野千里。山上有一個摩西紀念教堂還有一個銅蛇十字架雕像，底座下面刻有兩行經文「摩西在曠野怎樣舉蛇，人子也必照樣被舉起來，叫一切信他的都得永生。」

當摩西帶領以色列人從何珥山起行時，百姓因道路難行又無糧無水，對摩西大發怨言，於是耶和華使火蛇進入百姓之中，被蛇咬而死的甚多，百姓知道得罪了耶和華遂央求摩西代禱使蛇離開他們，摩西依照耶和華指示製造一條銅蛇掛在杆子上，凡被蛇咬的，一望這銅蛇就活了，以此預表耶穌被掛在十字架上，使人因信而生。日後這銅蛇演變成了醫療標誌，現在藝術家將其美化成了銅蛇十字架，將經文涵意詮釋得淋漓盡致。

秋入大煙山

建於一九三四年的大煙山國家公園位於美國東部，橫跨田納西和北卡羅來納兩州，占地五十二萬餘英畝，是美國參訪人數最多的國家公園。由於海拔高加上雨量豐沛，常年煙籠霧罩因而得名大煙山。

公園幅員廣大但只有一條單線行駛的四四一號公路，沿途林木茂盛，枝椏垂拱，樹葉微黃略紅，淡淡秋意穿梭而來。途中有好幾個觀景點，可停車觀賞山谷風光，一蓬蓬的樹隔著山頭都成了一球球的傘，各自花色不同，煦煦攘攘成了一片花花傘海。看景之外可別忽視了在新發現缺口（Newfound Gap）停車場內的一塊木牌，因為它是田納西和北卡的分界牌。

園內往來車輛很多，加上道路彎曲車行不快，花了我們三個多小時才由南邊進口開到位於園西的凱茲谷（Cades Cove）。

阿巴拉契山脈縱貫美國東部各州，藍嶺山脈為其東段分支以大煙山為其代表，凱茲谷則是位於大煙山田納西州境內的一個孤立山谷，早在西元前八千年以前即有切諾基人（Cherokee）出沒於此，因其特別的地理位置和人文背景成為公園最熱門的景點。

凱茲谷在建園前的百年期間是靠著五條狹窄的泥巴路進出，現在則是經由一條十一哩長的單向環形路出入，沿途有十七個景點，但因車多而停車位有限，我們沒有逐個停留。

在崇山峻嶺環繞下居然有這樣一個可以農耕的谷地實屬難得，不過現在只剩荒煙蔓草和幾棟木屋。

一八二〇年前到此的約翰．奥利弗（John Oliver）是最早的歐洲移民，他所蓋的木屋也是此地最老的木屋，由原木和泥土堆疊而成，外形簡單樸拙。進口處有一塊標題為「鮑伯到此一遊」的告示牌令人莞爾，上面寫著鮑伯曾到此參觀，順手將自己的大名寫在了牆上，豈料此舉觸犯了保護古蹟法被人檢舉，獲得一張百元美元的罰單。

谷內原有居民不多，一八五〇年全盛時期曾多達六百八十五人（一百三十二個家庭），蓋有三間教堂，兩間屬浸信會，一間屬衛理公會，長方形木造教堂外觀大同小異，唯後者有兩個前門，看似男女分邊而坐，實則不然，因為他們只是照抄別人的建築藍圖而已。三間教會在南北戰爭期間均曾經停止聚會，直到戰後才再恢復聚會。

在訪客中心附近是凱布爾磨坊史蹟區（Cable Mill Historic Area），其中只有磨坊位於原址，其餘的打鐵鋪、菸房、玉米飼槽、農舍及穀倉等均是由別處搬遷過來，以助了解當時的農民生活狀況。木造磨坊已然斑駁但水車輪旋轉依舊，潺潺細流盡瀉古意。大型懸臂式穀倉源於歐洲，既可庇護動物又可儲放農具，迥然有別於中西部大統艙式的穀倉。

凱茲谷附近多板栗樹而板栗為黑熊的主要食物，因此谷內有黑熊出沒，亦多喜食橡樹嫩苗的白尾鹿，儘管眾人龜速慢行於途，還是沒有看到任何野生動物的蹤影。

克林曼斯圓頂（Clingmans Dome）是園內另一熱門景點，海拔六千六百四十三呎是公園最高點，田納西州的最高峰，也是北卡的第三高峰。山體是由五億四千五百萬年前沉積海底的砂岩、粉砂岩和頁岩層層堆疊，經過高溫和壓力而形成的。

山上常為雲霧遮掩而露出的頂端又形似圓頂，故而在十九世紀初被稱做煙燻圓頂（Smoky Dome），後為紀念常在此地進行科學探索的政治家湯瑪斯・拉尼爾・克林曼（Thomas Lanier Clingman）而於一八五八年命名為克林曼斯圓頂。

由四四一號公路彎入克林曼斯圓頂的小路只有短短七哩卻塞車驚人，我們大概花了近一小時才等到停車位。唯一通往山頂的柏油步道長僅半哩，坡度三百三十呎，走起來有些吃力。山頂上蓋有一個四十五呎高的環形觀景塔，可三百六十度觀賞四周群山，當日天晴看不到雲海美景，山脈起伏層次分明，山色由藍而紫濃淡有致，山勢平緩沒有異峰突起亦難分高下，不過也可能是因為我們已身在高處而感覺不出群山的雄偉。

除了這兩個熱門景點外，公園內還有許多步道，各個長短難易不同，大多停車困難，受時間和體力限制我們去了公園北邊的月桂樹瀑布（Laurel Falls）。瀑布附近多月桂樹因以名之，時值十月底，雖無花可賞但秋葉變色更勝花開。

這條步道來回約二點五哩，中間有一些台階但坡度平緩易行。今年天暖直到我們去的前兩天樹葉才開始變色，山上既非期待的一片紅，亦非尋常的滿眼綠，而是五顏六色的漫天花雨，行走其間彷彿走進了萬花筒，直看得人眼花撩亂。

瀑布高八十呎被橫跨溪上的人行橋分為上下二瀑布。瀑布很小又非雨季，水量不豐，只有兩束水花嘩嘩而下，不過水聲淙淙十分悅耳。橋下平台上有一凹槽，蓄滿清水如鏡，黃葉倒影與水中落葉參差交錯，恍若滿池金幣，燦爛奪目。再往下看瀑布已化為一股細流，沿著階梯式的岩石跌宕而下，不知所終。據說清晨和黃昏時山嵐繚繞，如夢似幻，攝影家常愛在此獵影，而且還有可能遇到黑熊入鏡。

回程時在林間縫隙中不時看見兩個三角形的山尖，懷疑它就是大煙山的標誌——煙囪頂（Chimney Tops），於是跟隨車隊來到位於園區中部的煙囪頂步道。步道單程二哩，最後四分之一哩自二〇一六年森林大火後關閉至今。

煙囪頂海拔四千七百二十四呎，狀似雙頂旋鈕，是大煙山少見的裸岩峰頂之一，切諾基人認為它神似鹿角稱之為「叉形鹿角」。現在名稱則是由山北舒格蘭谷居民所取，因為在重新造林之前從谷中可清楚看到山頂如同煙囪冒煙。

前段步道穿過一些黃葉林，亦可看到谷中諸色紛陳的山頭，但覺樹樹皆秋色，山山具彩繪。步道不時與路叉溪交錯而行，在經過幾座人行木橋後變得陡峭難行，最後還需手腳並用才能攻頂，和我們一樣半途而廢的人不在少數。走到出口回頭一望，彩葉掩映的煙囪頂，恰如滿頭珠翠下的一雙黛眉，令人驚豔。

其實不用登高望遠，離進口不遠的第一座木橋附近即秋景迷人。此處溪面不寬，天藍如海，葉黃似金，溪石高低錯落似階梯，溪水循階而下叮咚作響，層層水簾形成許多迷你小瀑布，橋下水波泛著藍光幽然隱沒林木深處。站在橋下更能品味「碧雲天，黃葉地，秋色連波，波上寒煙翠」的詩情畫意。

布賴森（Bryson City）是位於北卡境內一個小城，占地二點二平方哩，人口不足兩千，原本沒沒無聞，只因是進出大煙山公園的門戶和塔卡塞吉河（Tuckasegee River）泛舟的熱門地點而小有名氣。我們在此住了兩個晚上，不為泛舟而是為了參加南塔哈拉峽谷賞秋火車之旅（Nantahala Gorge Excursion）。

我們搭乘的是頭等餐車需對號入座，有早午餐供應，每人票價美元一百一十元。火車沿著小田納西和南塔哈拉河行駛四十四哩抵達峽谷，停留一小時後返回市中心，來回約四個半小時。

當天早上陰雨濛濛，車窗上都是水滴霧氣，有些煞風景。車行半小時後便送來了小米粒起司蝦，餐畢雨雖停歇，但窗外的湖光山色仍然黯淡，車過豐塔納湖，大煙山上尚有雲霧徘徊，未料抵達峽谷時天空突然放晴，四周景物頓時亮麗生動起來。

南塔哈拉峽谷雖小卻是公路、河道和火車三者交會處。南塔哈拉戶外中心為主要建築物，門前河面寬敞，水流湍急，水聲喧嘩，順勢而下後河道變窄，水流趨緩，二三個小瀑布隱藏在色彩斑斕的樹林中，婉轉幽咽，秀麗可人。我們搭乘的一九四〇年代老火車靜待林間，任憑秋色恣意揮灑成畫，河邊步道寧靜悠遠似乎從不為俗塵干擾。

回程換邊而坐且是背向，但因豔陽高照還是看清楚了窗外美景。河水碧綠，蜿蜒如帶，穿梭在閃金泛紅的林間，美如風景明信片。二河會流處河面變寬，水天一色，波平浪靜，大有「小舟從此逝，江海寄餘生」之感。

二戰時期為了供電問題花了兩年時間截斷河水築壩，形成現在的豐塔納湖（Fontana Lake），跨湖的古董格子鐵架橋是此行最大的看點，因為在此有一彎道可以看到火車首尾，可惜美景稍縱即逝，未及拍照即回到了起點。

返回亞特蘭大時特別繞道大名鼎鼎的藍嶺公園路（Blue Ridge Parkway），景色和四四一號公路相差無幾，遊人車輛卻少了許多，可以慢開賞景，然而因是由北往南開，秋意漸稀，色彩漸淡，於是轉接七十四號公路直奔亞城，結束了這趟大煙山賞秋之旅。

（二〇二〇年二月二日，發表於《世界日報》北美旅遊版）

1.珠環翠繞的煙囪頂
2.南塔哈拉峽谷賞秋火車

沙加緬度懷舊之行

幾年前從密西根到加州看望兒子，順道遊覽了沙加緬度舊城（Old Sacramento），當時對該城的歷史背景一無所知，但對那宛如西部電影場景的建築物和街道頗感興趣，「地下之旅」的廣告更是讓我動心，不巧那天適逢公休與其失之交臂。

印象中的「地下之旅」無非參觀地下岩洞或廢棄礦坑，然而沙加緬度舊城其地下既非岩洞又無礦坑還能是什麼呢？懶得去查資料只是胡亂的猜想著，一座地下城遂慢慢在心中成形，其中有斷壁殘垣的城堡，縱橫曲折的巷弄，情人幽會的小陽台，縱酒鬧事的小酒館，龍蛇混雜的驛站等等不一而足。

萬想不到退休後和沙加緬度成了近鄰，單程只有一小時的車程，隨時想去就能去，不必像觀光客般急著趕場，誰知這一拖竟是三年。

導遊是位退休老教授，身材魁梧，腳穿長筒靴敞著舊軍裝外套，頗有北軍將領的氣派。站在歷史博物館前他開始講古。沙加緬度位於沙加緬度河和美國河的交會處，在十九世紀時是重要的河運、商業中心及交通樞紐，不過地勢低窪水患頻仍，因而有了後來的街道提升工程。

臥於沙加緬度河上的黃色塔橋（Tower Bridge）是舊城的地標遠遠便可望見。城內街道呈棋盤狀，以英文大寫字母為街名，多為柏油地面，只有河邊前街（Front Street）一帶仍保留著往日的石磚路。

提到沙加緬度不能不提及建城的關鍵人物約翰．奧古斯汀．薩特（John Augustus Sutter）。他是出生於德國的瑞士人，一八三四年因債台高築拋妻棄子由歐洲前往美國碰運氣。曾經周遊多處並從事多種行業，夢想擁有自己的堡壘。一八三九年來到加州，獲得墨西哥政府提供的四萬九千畝土地補助金，在沙加緬度這一帶僱用印第安土著，開墾種植和進行商業交易，一八四一年原打算在舊城建立堡壘，顧慮地勢太低遂改在城東高處修築了薩特堡壘（Sutter's Fort）。

早上我們剛去過白牆圍繞的長方形薩特堡壘，其內只有中央兩棟木屋是薩特原來的辦公室和起居室，其餘都是後來添加仿製的，現有堡壘面積略小於原來的。堡壘裡面有宿舍、磨坊、鐵匠鋪、烘焙店、木匠鋪、釀酒廠、槍店及礮台等設施，可約略窺見當年拓荒移民的自衛及生活情形，據說最多時曾有三百人在此工作。

薩特在美國河畔蓋了一間麵粉廠，後命木匠詹姆斯馬歇爾（James Marshall）在附近加蓋鋸木廠，一八四八年將近完工時，詹姆斯於河中發現金沙，薩特嚴禁消息走漏以防工人出走，結果消息仍是不脛而走，引發了十萬人的加州淘金熱，薩特的工人全部跑光，使他的農商經營一蹶不振，不過淘金者並沒有發到財，只有一位賣鏟子和篩子的商人，以十倍暴利發了大財。

其後薩特因破產於一八四九年以美元七千元賣掉了薩特堡壘，他的農業王國雖告終結，但他興起的農牧業吸引了許多移民前來，此地儼然成了交易貨運中心，沙加緬度的城市雛形亦隨之告成。

那是個火災和洪水頻發的時代，從一八六一年十二月底到一八六二年二月持續雨雪交加，在四十五天內降下了破記錄的三十吋大雨，美國河沖破四周大堤淹沒了整個城市，因城市建於高出低水位十六呎處，而積水卻超過低水位二十二呎餘，一樓幾乎全被淹沒，城內頓成水鄉澤國可以泛舟。

一八六四年市民為拯救城市聚集在一起，決定提升街道以防再度被淹沒。先使用千斤頂將建築物提升九呎後再用磚塊建造地基牆，最後填土提高街道，沙加緬度地下城於焉誕生。

在真正的「地下之旅」開始之前，導遊要我們注意看位於J街上三層樓高的布蘭南旅館（Brannan House）有何異常之處？乍看拱形門廊、高窗、陽台與其他維多利亞式建築物沒有什麼不同，再看才發現二樓五個窗戶並不在同一條水平線上，非因地震擠壓而是在提升時失去平衡造成的。

右轉進入其旁小巷，地勢凹下明顯不和J街在同一水平線上。旅館側對面是很小的拓荒者公園（Pioneer Park），低於地面十幾個台階，可見城市提升前的原地面有多低。裡面殘留著幾根當年的白色鋼鑄裝飾柱，如果仔細觀察，可能會在其上找到製作的時間和地點。

在一棟看似公寓的門前他掏出一把神祕鑰匙打開了其中一扇黑門，領我們入內參觀但不准拍照。裡面矮小幽暗，空無一物，到處都是黃土堆積，這哪是我想像中的地下城？根本就是一間沒有完工的地下室！

其後他領我們回頭穿過J街來到小巷的另一邊，巷道同樣向中央凹陷，中間那棟房子有兩層半立於地面上，不言可喻那半層房子是提升後加出來的空間，只是街道沒有相對提升而已。同時半截牆上的磚塊非但色澤不同而且排列凌亂，足以證明下面那半截是後來添加的。

由這棟房子居中的一扇紅門入內，發現裡面雖然幽暗但還算寬敞，且鋪有木棧道供遊客走動瀏覽，黃土地上散置著此地出土或由別處搬來殘缺不全的桌椅、鞋帽、瓦器、酒瓶、碗盤等日常用品，看得出當時移民生活的簡陋。然而這裡面既沒有一座廢棄的地下城池，更沒有神祕的地下道，只有一整排斑駁的紅磚地基牆透露著歲月滄桑。

壓軸戲是用模型屋展示如何提升房屋。模型屋是一棟兩層樓的建築物，四個角落下各置一台千斤頂，四位遊客分站四角，導遊一聲令下同時用手轉動千斤頂，待他再一聲令下同時停止轉動，然後他用水平儀測量宣告四人圓滿達成任務。

當然實際的操作要比這複雜困難的多而且所費不貲，提升一棟房屋的平均價格是美元三萬五千元，在一百多年前可說是天價。建築物越大所需工人及千斤頂越多，亦需更深的默契才能配合無間，通常每天只能提升一吋左右，一棟房屋很可能要花上好幾十個月才能完工。

基於時間和金錢的考量，有些商家沒有提升房屋而是直接將一樓當成了地下室。至於已提升的商家，有的將多出來的地下空間當作儲藏室或地下室，有的則將其封死，只有華人同胞將其作為店面營業。街道填高未能如期跟進，至今城內仍留有不少陡坡和陰暗角落。年深日久，有關地下城的傳聞不斷，不過誰也不知道到底有沒有罪犯藏匿其中或是鬼影出沒其間。

「地下之旅」打破了我對地下城的迷思，卻意外獲得如何提升房屋的知識，在那沒有挖土機、液壓千斤頂及各種精密儀器的年代，純以人工操作以十年時間將整座城市提升起來實為了不起的創舉，誠信萬事都互相效力，教人得益處。

（二〇一九年六月二十三日，發表於《世界日報》北美旅遊版）

金山彩磁梯訪勝

剛搬來東灣的第一個秋天，曾隨教友李博士一行人造訪過彩磁梯（Mosaic Staircase），先搭捷運後轉電車再換公車，沒能搞清楚它究竟座落於舊金山市區何處，又因遊人眾多未能細看，更不知道彩磁梯其實不止一座，直到今夏因疫情嚴峻遊客銳減，才得以重遊舊地和初訪九曲花街（Lombard Street）。

其中最負盛名的首推第十六街彩磁梯（16th Avenue Tiled Steps），準確的說它是位於第十五和第十六街之間的莫拉加（Moraga St.）街上。當地居民為了美化環境，在二〇〇三年起開始募款和聘請藝術家以彩色磁磚裝飾這一百六十三個老舊破損的台階，同時也在階梯兩旁廣植花木，將其打造成花園以供居民休憩觀賞。

科萊特．克魯徹（Colette Crutcher）和艾琳．巴爾（Aileen Barr）這兩位受聘藝術家，以人類居住的大自然環境為設計主題，由下而上展示海洋、陸地及天空三大部分。海中充斥魚和貝類生物，地上滿是花草瓜果與昆蟲，翻湧似浪的漩渦圖案將海洋與陸地融合為一。天空則自成三個獨立小單元，首先是群鳥飛翔的藍空，繼之是星月交輝的夜空，最後是陽光普照的晴空。攀登其上，沒有獨上高樓的傷感，卻有穿雲破霧直上青天的快感。

第十六街彩磁梯於二〇〇五年開放後廣受好評，二〇一〇年當地居民決定以同樣手法美化附近的另一座階梯。它位於延伸的第十六街上（其實就是一條窄巷），介於勞頓街（Lawton St.）和基爾漢姆街（Kirkham St.）之間。由於它隱藏在建築物群中的陡坡上故以隱密花園階梯（Hidden Garden Steps）名之。

這座彩磁梯從下往上看這好像是一直線，其實它從中間往左偏斜了十五度左右，但由於構圖巧妙彷彿一氣呵成。全梯計有一百四十八個台階，分成上五下四共九個段落，每段階數最少十階，最多二十三階。

兩位藝術家以多彩多姿的大自然為主題，藉由花朵和昆蟲組合將加州本土生態生動的描繪出來。構圖元素包括花園中常見的花朵、植物、水果、種子、蔬菜、蜻蜓、蝴蝶、蝸牛、昆蟲和蜜蜂等。最為引人注目的組合有菇菌和彩虹蝸牛，飛翅蝴蝶和藍色雛菊，橘色加州罌粟，藍色蠑螈和蛇，水龍骨蕨和蜻蜓。其中藍色蠑螈盤據上部兩個段落的二十三個台階，是尺寸最大的一個造型，它不僅體積大且有一條橘紅色的長蛇趴在背上，由頭至尾十分醒目。

隱密花園階梯由滿地發芽的種子開始，進入蝶飛花舞的美境，終於蜻蜓親吻麥穗的場景，似乎隱喻著人類憧憬的美好生活，不過是往下扎根，往上結實。

所有磁磚皆由手工打造，再經切割、上色和鑲嵌等多重工序才能完成一片片美麗的板面，最難的是在細小的磁片上刻上贊助個人或團體的名字及祝福話語，因此每一板面都值得細細玩賞，可在其中發現許多創意巧思。

梯旁種有多種大小不一的多肉植物，有的狀如玫瑰，有的形似菊花，顏色有紅有綠還有黑。還有一種漏斗形的小紅花，成串懸垂於頂，只因葉圓肉厚而有個不雅的名字「豬耳朵」。遺憾的是遊人眾多，莫說細細玩賞，連想拍個照都很難。

附近的第三十二街上還有一座林肯公園階梯（Lincoln Park Steps），是林肯公園高爾夫球場和遊樂場的入口。它的歷史可以追溯到一九〇〇年代初，二〇〇七年開始設計和結構翻新，直到二〇一五年才告完工。

它只有五十二個台階不及前二者高，但寬闊氣派，紅黃橙綠的底色配上繁複的圖案，華麗如波斯地毯，原以為只是些尋常花葉，豈知設計靈感來自附近被火焚毀的蘇特羅浴場（Sutro Bath）舊照及舊金山世界博覽會的建築物，這二者均未見過，無從聯想歷史痕跡及其真正涵意。

這三座彩磁梯皆由當地居民自動籌劃募款並在市政府的贊助下完成，大大美化了當地環境，然因其獨特優美的藝術造型吸引大批遊客前來，恐怕也因此失去了原有的寧靜。

倫巴底街是一條很長的街道，而九曲花街不過是介於海德（Hyde）和理維沃斯（Leavenworth）兩街之間的一個短街區，附近多是民居，停車是個大問題，加上時聞有華人遊客在倫巴底街上被搶，因此遲遲不敢前往。這次拜新冠肺炎之賜，我們得以從容漫步其中。

九曲花街身處四十度的陡坡上，原為直線通行，但考慮到人車安全，這路段於一九二三年被改建成目前所見的迂迴曲線，計有八個「S」形的急轉彎，號稱是世界上最彎曲的街道。全長由原先的四百餘呎延伸為六百呎，路面鋪設紅磚以減少摩擦力，規定只能以時速五哩由上往下單向行駛。

想像中的九曲花街應似一條懸垂而下的長長花毯，盤旋其間如坐雲霄飛車般驚險刺激，誰知到了現場，還來不及看清楚窗外是何模樣，先生已駛完全程，連開兩趟仍如霧裡看花，於是停車步行這才感受到它獨有的魅力。

街道兩旁有鐵欄扶手的人行階梯，當天只有我倆和一對父子各走一邊，既能保持社交距離又不被成群遊客干擾。曲道兩旁遍植花木，春繡球，夏玫瑰，秋菊花，將花街打扮得花枝招展。七月初正趕上繡球尾聲，花色以粉白為主，間有藍紫，由下仰觀，球球相連如波濤洶湧，淹沒了著名的八個「S」形彎道。其中有戶人家門前種了一棵九重葛，絢爛的桃紅由三樓傾瀉而下，直比得素雅的繡球花黯然失色。

站在坡頂，可以遠眺筆直的科伊特塔和海灣大橋，往日車水馬龍的倫巴底街，如今是「門前冷落車馬稀」，充分反映出疫情的嚴峻，卻意外恢復了原有的寧靜。我想任誰也受不了一年近兩百萬遊客和每小時約兩百五十輛車在自家門前川流不息，難怪居民會建議限時收費，不過被市政府駁回了，因為道路公有非私人財產，人人都有使用的權利。

回首漫漫人生路，能像彩磁梯般青雲直上的實不多見，絕大多數都是迂迴人生路，踽踽獨行，但若能沿途殷勤撒種，或許也能像九曲花街般花團錦簇。

（二〇二〇年十一月八日，發表於《世界周刊》No.1912）

火焰谷烈焰騰空

由拉斯維加斯開車北上一小時即抵達火焰谷（Valley of Fire）的西邊入口，一片千奇百怪的紅岩拔地而起，在陽光照射下如烈焰騰空，因以得名。這種紅砂岩地層是由一億五千萬年前的沙丘推移而層疊堆積形成的，「蜂巢石」（Beehives）雖千瘡百孔但並不神似蜂巢，其上多有明顯橫紋，顯示風吹或水流的方向及不同年代的沉積物。

西元前三〇〇年至一一五〇年間曾有古代普韋布洛人在此狩獵、覓食和進行宗教儀式，他們留下的石畫可在公園多處見到。最有名的是位於園西的石畫牆（Atlatl Rock）為一龐然大物，有百級階梯可攀登其上觀賞超過四千年歷史的石畫，雖不明白圖案意義，但圓圈、足印、羊角、十字等刻劃仍清晰可辨，實是難能可貴。

「拱橋岩」（Arch Rock）是經過數千年的風吹雨淋，慢慢地將沙粒混合而成的岩體侵蝕沖破而形成的，隨著風化負重日盛，有一天很可能會倒塌不復再見。景觀路上有成堆成片的紅岩矗立，形態各異，憑著個人想像可在其中找到「貴賓犬」、「猴子望月」、「鋼琴岩」、「歌劇院」、「棺材板」、「野餐桌」等天然創作。

最令人驚喜的是在沙礫灌木叢中見到四隻覓食的大角羊（Bighorn Sheep），近似沙礫的膚色，彎如滿月的雙角，和雜草叢生的背景混為一體不易察覺，若非遊人指點險些錯失了這近距離觀看大角羊的機會。

公園內只有橫直兩條公路，在看過石化木（Petrified Logs）後轉向北行。第一個看到的是摩西潭（Moses Tank）的指標，一眼看到這個名字便肅然起敬，再想到摩西擊打磐石出水的場景對它更加嚮往。

前往步道滿佈沙石，兩邊是高低起伏的紅岩，岩壁上不時有片狀黑色痕跡，其上往往可以發現先民遺留下的石畫。最後在岩群包夾中看到一天然盆地承接雨水成潭，好像和摩西扯不上關係，原來是我老眼昏花看漏了一個英文字母 u，將老鼠潭（Mouse Tank）誤為摩西潭！至於為什麼叫老鼠潭非因其小，而是因為一名為小老鼠的印第安殺人犯曾於一八九〇年藏匿於此。

由此經彩虹美景區（Rainbow Vista）前往「火波浪」（Fire Wave），途中視野開闊，岩質不再以赭紅色的砂岩為主，混雜著石灰岩、頁岩等，質地較為堅硬，色彩變化越加豐富，紋理脈絡層次分明，石頭不再是單調乏味的石頭，而是各具特色的彩繪。

「火波浪」隱身在一片巨岩之後，經過一番攀爬才能看到，它獨有的紅白相間培根肉片紋理不言自明，它如一座山般橫亙著，亞麻布般的色調紋理顯得乾淨俐落，平緩的坡度掀不起風浪，只有在峽谷邊緣突起迴旋，形成幾個優美的火波浪，將視覺美感推至極致。

北邊最後一個景點是白色圓頂（White Domes），它是砂岩地層具有鮮明的對比色彩，整體造型像一隻趴著的小狗，它圓圓的頭部即是白色圓頂，其實並非純白而是淺黃摻雜淺褐，尾端呈現咖啡色，有環形步道可圍著它繞一圈，此地曾為電影《四虎將》（*The*

Professionals）的拍攝地點，可惜時近黃昏我們無暇前往參觀拍攝遺址，而是回頭趕往來時錯過的「火峽谷」（Fire Canyon）。

在「火峽谷」這個地區，地殼內部的強力運動使得數千呎的岩面皺褶破損，甚至推離原地數千呎遠，至今已經侵蝕磨損了一個大褶皺的頂部，暴露出銳角的岩石層，並創造了無數的小峽谷。那銳角狀的岩石層不僅造型特別，乳白與咖啡相間的色調亦是別具一格，而高踞白岩頂端的那隻大角羊更是吸引眾人目光。

公園南端的「七姊妹」曾經是附近紅色地層的一部分，但周圍的砂岩礦床被無情的侵蝕剝離後留下七座石塔，其上有許多孔洞預示著數百年後石塔終將被毀壞。沐浴在夕陽中的「七姊妹」姿態各異但皆通體金紅，散發著無限魅力。

「大象石」位於公園東邊入口處，一直以為是塊神似大象的獨立巨岩，在岩群中尋尋覓覓了一陣子不見蹤影，循著步道回到公路邊，抬頭上望「大象石」赫然正立於岩頂，要不是路有指標和那長長的鼻子，還真看不出這是隻抽象的大象。

火焰谷不似西遊記中的火焰山，雖是烈焰騰空卻無需孫悟空騙取芭蕉扇滅火，那千年凝固的火焰已是傳奇，何勞鬼神湊一腳。

（二〇一九年十一月十日，發表於《世界日報》北美旅遊版）

1
—|3
2

1.火波浪
2.彩虹美景區
3.大角羊

巨木參天的紅杉國家公園

紅杉國家公園（Sequoia National Park）位於國王峽谷公園之南，二者同在加州中部。公園盛產古老的紅木林和紅杉林，樹皮皆為肉桂色。前者高瘦，枝披針葉；後者粗壯，幹似圓柱，枝葉如雲，樹皮很厚，不及前者高卻較其長命，而且木質堅硬不易朽爛。

世界上最大的十棵樹中，有五棵包括最大的謝爾曼將軍樹（General Sherman Tree），皆存在於園內的大森林（Giant Forest）中。

公園海拔位置很高，靠近三河鎮（Three Rivers）南邊入口的灰燼山峰（Ash Peaks），海拔一千七百呎，而將軍高速公路所及的前園，較高部位標高五千五百至九千呎。美國最高峰惠特尼山（Mount Whitney）則位於後園東部邊緣，海拔一萬四千五百零五呎。

後園多花崗岩高峰，亦有很深的V字形峽谷，但不通車只能步行，一般人很難一窺堂奧。好在大森林中有多條步道可供賞玩。

紅杉步道

雖說園內到處都是紅杉，但以謝爾曼將軍樹步道、國會步道（Congress Trail）和大樹步道（Big Trees Trail）這三處最負盛名。

謝爾曼將軍樹擁有世界第一的頭銜，自是眾人朝聖的首選，四周以木籬圈起保護這位兩千兩百歲的老英雄。樹高兩百七十五呎，周長一百零二點六呎，這兩個數據和格蘭特將軍樹不相上下，但它兩百七十萬噸的重量和所占面積無人能及，而且它老而彌堅仍然持續生長著。

緊鄰的國會步道中滿是群聚簇生的紅杉巨樹，除了參眾兩院還有總統和酋長，真是熱鬧似國會。

許多樹上都留有火燒黑疤，有的甚至已燒成焦炭，仍舊面目全非的站立著。大火看似殘酷，其實有利於紅杉繁衍。錐狀果實因受熱迸裂，種子散落於被煙灰殺菌的土中得以繁殖，大火更消滅了其他不耐火的競爭者，紅杉因此得到更多的陽光、水分和養分而能年深日久的活著。

其中有一棵倒下的大樹橫臥路上，由樹身上切開一個方口讓遊人穿越，和位於莫洛岩（Moro Rock）附近的樹隧道（Tunnel Log）有異曲同工之妙，只是樹隧道的名氣和體積都大得多且能供車輛通行。

大樹步道位於大森林博物館（Giant Forest Museum）旁邊，除了大樹及岩石外，它較其他兩處多了一個圓形草原（Round Meadow），更富於景觀變化。

懸岩（Hanging Rock）

懸岩位於莫羅岩西邊不到一哩的地方，在步道邊緣角落可以看到莫羅岩的背面，岩頂尖圓，灰白花崗岩面上線條分明，猛一看像一張大鼻子的卡通人物畫像。

隨後爬上一大塊岩石，視線豁然開朗，南面正對著高山深谷，莫羅岩隱身東邊另一圓形巨石之後，其上視野肯定更加寬廣，奈何坡度陡峭我們不敢涉險。

奇妙的是長橢圓形的懸岩靜靜臥在西邊斜坡上，好像被施了地心引力魔法，竟然能在陡峭的峽谷邊緣平衡不墜。

莫羅岩（Moro Rock）

莫羅岩海拔六千七百二十五呎，鑿有近四百級的石階達於岩頂，石階寬窄不一但並不難走，加以沿途風景美麗不時停下拍照，不到半小時便爬上了岩頂。

狹長三角形的岩頂面積不大有鐵欄杆圍住，往東可看到雄偉的大西部分水嶺（Great western Divide）及逾萬呎的白頭高峰，但無法看到最高峰惠特尼山。往西可看到多霧的公園山麓，曲折蜿蜒的將軍高速公路及三河鎮（Three Rivers）。

可惜當日多雲，夕陽未能將大西部分水嶺染成一片金黃，但群山在紫色煙嵐之中載浮載沉，終至轉化成國畫潑墨山水，蒼茫虛幻中大有「日暮鄉關何處是」的意境。

水晶岩洞（Crystal Cave）

由南邊入口前往水晶岩洞的這段將軍高速公路，由低攀高盤旋而上，可稱得上是九拐十八彎，夠驚心刺激但也能從多個角度觀賞群山。

入園不久在左邊路邊可看到一塊棺材般的巨岩，不偏不倚的擱在兩塊大石頭上，此即隧道岩（Tunnel Rock）。此處海拔不高，山頭白雲飄浮，卡威河（Kaweah River）中支流緩緩流下，七葉樹花滿枝頭，絲蘭如燭台照亮四方，風景十分秀麗。

但隨著海拔升高，藍天被拋在腳下，四周一片煙霧茫茫，剎時明白了何謂「忽聞海上有仙山，山在虛無縹緲間」。

園內已發現的岩洞超過兩百五十個，但唯有水晶岩洞於五月中至十月對外開放，不過需事先預約參加付費導遊才能入內參觀。

岩洞於一九一八年被發現，由石灰岩變形的大理石形成，洞內保持華氏四十八度恆溫，需穿厚夾克入洞。內有冰柱狀鐘乳石裝飾成的窗簾和石筍堆成的小丘，有一間大廳曾為印第安人的聖地，只有少數地位尊貴的人才能葬於此處。

洞內光線很暗不准用閃光燈拍照，地上還有些積水，風光並不特別，倒是洞外瀑布跌宕，水聲不絕，群巒疊嶂，煙霧繚繞，雖訪仙未遇卻帶著幾絲仙氣走回凡塵。

（二〇一九年四月二十一日，發表於《世界日報》北美旅遊版）

1 2
3
4 5

1.莫羅岩
2.懸岩
3.莫羅岩的落日
4.隧道岩
5.謝爾曼將軍樹

壯闊溫柔的國王峽谷

紅杉與國王峽谷國家公園（Sequoia & Kings Canyon National Parks）南北相接，位於加州中部，介於洛杉磯和舊金山南北兩大城市中間。占地逾八十餘萬畝，但百分之八十四的地方皆為無路可通的荒野，只能步行或騎馬。

我們從寄宿的果鄉（Fresno）由一八〇號公路北上，進入北邊的國王峽谷公園入口，這一小塊地方位於紅杉公園的西北角和大塊的國王峽谷公園並不相連。

沿著大樹樁步道（Big Stump Trail）可看到許多參天大樹及往日遺留的伐木痕跡，其中最有名的是馬克吐溫大樹樁，樹寬二十六呎，樹齡一千七百歲，在一八九一年由兩名伐木工人花了十三天才將其伐倒，樹樁狀如平台有階梯可攀登其上。

不遠處的格蘭特樹林（Grant Grove），內有號稱「美國聖誕樹」的格蘭特將軍樹，樹高兩百六十八呎，周長一百零七點五呎，高壽一千七百餘歲，是世界第二大紅杉。

由此北行不久公路轉向西行，開始長達三十哩的國王峽谷景觀路（Kings Canyon Scenic Byway）。

二流會合觀景點（Junction View）

此處峰迴路轉，山高谷深，由上往下俯瞰，可清楚看到國王河的中、南支流在此合而為一，向南流往果鄉。由逾萬呎的西班牙高峰至二支流交會處，谷深八千兩百呎，是全美最深峽谷之一，而聞名於世的大峽谷只有六千餘呎。五月下旬，數座逾萬呎的高峰上仍有殘雪未溶，替崚角分明的山脊增添了些許溫柔。

這片雄偉山脈是由於大陸板塊邊緣的火山活動，將海底沉積物提升、壓縮、擠壓成大理石、花崗岩等各種岩石，層疊堆積而成，再經千萬年的河水沖刷切割後造成現在的峽谷風貌。

黃昏時夕陽返照在群山之上，一片金碧輝煌，壯觀美絕，不能不感嘆自身的渺小而心存敬畏。

博伊登岩洞（Boyden Cave）

前往岩洞途中不時可看到成片的黃紫野花，將群山妝扮得五彩繽紛。靠近岩洞時路面變得狹窄彎曲，兩邊盡是驚心動魄的懸崖峭壁。忽然一道層次紋理分明的龐大岩壁矗立眼前，恍如一隻張牙舞爪的灰熊迎面而來。

到達岩洞時公路已與南支流等高平行，然而岩洞雖位於公路旁，卻是私人產業不屬於公園系統，當時尚未對外開放，未能入內參觀。

南支流如千軍萬馬由岩洞前奔騰而過，水聲轟隆不絕。岩洞所在的大理石牆高達兩千呎，黝黑若炭，對岸岩壁上有一孤峰高聳似碑，花白如胡椒鹽，像黑白無常兩相對峙，看來有些觸目驚心。

灰熊瀑布（Grizzly Falls）

這一段路上南支流始終在旁洶湧澎湃，河雖不夠寬深，但亂石堆積，水勢湍急，以致水花四濺，水聲震天。

灰熊瀑布位於路邊停車場後面，瀑身寬大，嘩啦直下，卻前有巨石阻擋，以致水氣氤氳需撐傘而過，也許就因它孔武有力似灰熊而以得名。

咆哮河瀑布（Roaring River Falls）

前往瀑布的路上青山、綠松和白水環繞，美如風景明信片。位於步道盡頭的下瀑布一

1/2 1.V字形峽谷
2.咆哮河瀑布

波三折轟然而下，撞擊在一塊大石頭後忽然右轉而去。瀑布不大也不高然水量充沛，水聲喧嘩，如寒風挾著雪花咆哮前行。

朱姆沃爾特草原（Zumwalt Meadow）

在咆哮河瀑布時便注意到前面不遠處有一座白色圓頂岩壁，其上似雕刻著不明圖案，一路吸引我的目光來到朱姆沃爾特草原步道的入口，原來它就是八千七百一十七呎高，大名鼎鼎的北圓頂（North Dome），而朱姆沃爾特草原正是觀賞北圓頂的最佳地點。

通過木棧道河水漫溢無法下腳，我們決定繞道改走山線前往朱姆沃爾特草原。過橋後兩邊高山聳峙，穿過大片巨石陣後，北圓頂赫然一無遮掩的矗立草原之後，白壁上面的刻痕歷歷可辨，然因角度不同原先以為的熊臉化做兩張慈祥的婦人面孔，正俯視著這塊綠寶石。

大哨兵半隱在岩陣松林之後，不再那麼猙獰可怖，倒有些國畫山石的意境，而岩陣因質材、紋路、顏色和形狀的不同，切割堆疊出洞穴、天窗、隘口等千奇百怪的造型，在在引人入勝。

路盡頭（Roads End）

「路盡頭」其後真的是無路可通，四周皆是莽莽叢林，奇山異石，一派原始風貌，而八千五百一十八呎高的大哨兵（Grand Sentinel）陰沉著黑臉雄踞路旁，大有一夫當關萬夫莫敵之勢，讓人望之卻步。

在停車場附近有一塊繆爾石（Muir Rock），據說國王峽谷的第一個造訪者約翰繆爾（John Muir）曾在此石上演說因而得名。

這是一塊很大的平台形巨岩，靜靜躺在綠水之中，此處雖水深有漩渦，但遊人卻喜於夏日在此嬉水跳水。此時非戲水季節遊人不多，回程時先生一心想要過河，剛彎進樹林便發現這是死路一條，再回頭，我一眼瞧見右邊樹林中有一隻直立的小黑熊，正虎視眈眈的瞪著我們，黑熊傷人的畫面在腦中飛快閃現，本能的往後退了兩步卻不知接下來該怎麼辦？

驚慌中先生居然還搶拍了一張照片，然後撿起一截枯枝要我往後退，話一出口才意識到我們根本無路可退，只能待在原地拚命禱告，莫讓「路盡頭」成了我們人生的盡頭。想不到對峙了一會兒，熊媽媽居然沒有現身而小黑熊卻轉身離去了。安全回到停車場，這才看到「小心附近有熊」的警示牌。

後來請教守林人才知此處黑熊並不具攻擊性，遇熊千萬不要跑，只要雙手高舉大聲喊叫「黑熊回去」並慢慢往後退即可。

（二〇一九年六月九日，發表於《世界日報》北美旅遊版）

哥倫比亞河峽谷

奧勒岡州東半部為高原，西臨太平洋，喀斯喀特山脈（Cascade Range）貫穿南北，北邊的哥倫比亞河源自加拿大洛磯山（Rocky Mountain），往南流入華盛頓州，再由東往西橫切過喀斯喀特山脈進入太平洋，造成四千呎深長達八十哩的哥倫比亞河峽谷，也是與華盛頓州的南北天然分界線。

哥倫比亞河峽谷國家風景區（Columbia River Gorge National Scenic Area）主要景點皆在西峽谷。女子論壇州立公園（Women's Forum State Park）居高臨下，可俯瞰峽谷河流，遠眺皇冠點（Crown Point）上的觀景樓（Vista House）和對岸的峽谷地標——燈塔岩（Beacon Rock）。

為方便客旅休息和觀景而建築的觀景樓，已有百年歷史，八面鑲嵌彩繪玻璃的圓形建築，恰如皇冠頂上的一粒鑽石，吸引八方來客。站在這個高點，但見一河如帶，迤邐東流，兩岸層巒起伏，交錯有致，遠處一角藍天下，指標岩的獨特身影不言自明。

景觀路沿線多瀑布，可惜自去年大火之後，大部分景點仍待修復，只有少數幾個瀑布對外開放。拉圖爾瀑布（Latourell Falls）高僅兩百四十九呎，但其垂直傾瀉的姿態獨一無二，狀如豐唇的花崗岩壁上還生有鮮黃的苔蘚，在一片翠綠中頗為醒目。

新娘面紗瀑布（Bridal Veil Falls）有上下二瀑，分別為八十和五十呎高，規模很小，二瀑跌宕而下後卻出入意表的來了個九十度大轉折，流經亂石化為小溪而去。谷底濃蔭覆徑，水聲潺潺，別有幽情。

馬特諾瑪瀑布（Multnomah Falls）是奧州最出名和最大的瀑布。上瀑布高約五百四十二呎，下瀑布高約六十九呎，是美國境內終年不歇的第二大瀑布。最奇特的是在瀑布中段前面有一座觀景橋——本森橋（Benson Bridge），站在上面可觀賞瀑布全貌，可惜步道關閉無緣登橋。有人認為此橋畫蛇添足破壞了風景原貌，由下仰視我倒覺得像是銀練穿玉環，頗有畫龍點睛之妙。

為了防洪、疏濬和發電，於一九三四年起開始修建邦納維爾水壩（Bonneville Dam）和發電場，藉此將奧勒岡和華盛頓兩州連結在一起，發電量可供給兩州五十萬戶人家。在布拉德福德島（Bradford Island）上可看到水壩和發電場的全貌。島上非常整潔，叢叢杜鵑開得絢爛奪目，水聲轟隆猶如身臨瀑布。

站在岸邊可清楚看到燈塔岩的身影。大約在六百萬年前那一帶充斥著小火山，八百四十八呎高的燈塔岩為其核心，它那暗黑的玄武岩在最後噴發時刻被凍結成柱狀。當強大的哥倫比亞河更深切入峽谷時，它沖走了火山的外牆，留下了現在這個崎嶇不平的燈塔岩。

岩上有幾百級的Z字狀階梯步道可登至岩頂，不過岩頂十分狹小兼且亂石堆積，視野並非想像中的寬廣，倒是途中有幾個轉折點能將整個流域盡收眼底。

哥倫比亞河蜿蜒曲折如蛇行，傍河而行的景觀路亦不遑多讓，為了順應地形地勢不時由河底翻山越嶺而上，又七拐八彎的回到谷底，伊娃峰頂觀景點（Rowena Crest Viewpoint）即是最佳例證。整片垂直峭壁上是切割整齊的平台，唯觀景點如一圓形蛋糕臨河矗立。其上視野遼闊，可觀賞盤旋而上的公路全貌及其完美的馬蹄形。對岸崖壁，層層疊疊如梯田綿亙，非常引人注目，造型優美的雙拱橋（Twin Bridges）亦同樣吸睛，然而風勢強勁無法久留。

此處據說是觀賞三大活火山——胡德山（Mt. Hood）、亞當斯山（Mt. Adams）和聖海倫山的最佳地點，可惜我們分不清方向也看不出誰是誰，所幸在前往旅館途中不時隱約可見胡德山的身影。

當晚投宿旅館位於眾神橋（Bridge of the Gods）下，此橋建於一九二六年為鋼桁架成的懸臂橋，狀如兩個鏤空銀梭懸在青山綠水之間，造型典雅，線條流暢，曾有多部電影在此取景。

傳說遠古時代的眾神首領薩佳力（Saghalie）帶著兩個兒子派托（Pahto）和外依斯提（Wy'east）來到此處，尋找可以安居的地方，不料兄弟皆看中這塊美地起了爭執，於是薩佳力先向北射出一箭，再向南射出一箭，箭落之地即為兄弟居住之地。他希望家族和睦，便造了連接南北的眾神之橋。

其後兄弟又同時愛上了一個美女蘆薇（Loowit），她無法在二人之間做出抉擇，使得兄弟失和互相火攻，燒毀了村莊和眾神之橋，天崩地裂下造成了哥倫比亞河峽谷。薩佳力為此大怒，將在南的外依斯提變成了胡德山，在北的派托和蘆薇，分別變成了華盛頓州境

1/2 1.伊娃峰頂 2.馬特諾瑪瀑布

內的亞當斯山和聖海倫山。

胡德山海拔一萬一千兩百四十五呎是奧州最高的山，亦是奧州地標，擁有十一座冰川，尖錐狀的山頂上終年積雪，神似日本富士山，計有六個滑雪場是北美唯一的全年滑雪勝地。附近多果園亦以美酒出名。在駛近南峰時大霧瀰漫，一掃晴空下的聖潔形象，變得猙獰邪惡起來，不知何者才是它的真面目。

（二〇一九年八月四日，
發表於《世界日報》北美旅遊版）

奧勒岡三大奇景

史密斯岩石州立公園（Smith Rock State Park）位於奧勒岡州中部。此地原為火山，大約在三千萬年前突然崩塌成為地下熔岩室，形成了一個巨大的火山口，火山噴發遺留下的大量灰燼和廢物將火山口填滿，然後逐漸堆積擠壓成了凝灰岩，約五百萬年前來自附近的玄武岩又覆蓋了舊有的凝灰岩。

史密斯岩石本身是一個海拔三千兩百呎的高脊，後因曲流河（Crooked River）穿過岩層，造成一個高約六百呎的懸崖峭壁，俯瞰著曲流河。因著這樣的地理特徵，吸引大批來自世界各地的攀岩愛好者，成為現代攀岩運動的發祥地。

一踏入園區即彷彿走進了有著護城河環繞的中古世紀古城堡。園中有許多步道，最熱門的是攀登北峰的峰頂步道（Summit Trail），和通往西峰猴面岩（Monkey Face）的苦難嶺（Misery Ridge Trail）步道，光看這名字即知陡峭難行。

走過唯一木橋後，面對著方正厚重的「野餐牆」（Picnic Lunch Wall），左右兩邊分別是河濱步道（River Trail）和狼樹步道（Wolf Tree Trail），可說是最易行走的兩條步道，也是精華所在。「野餐牆」的右邊是「紅牆」（Red Wall），因其位於山頂富含鐵質呈現紅磚色，恰似一道紅色的古城牆。「野餐牆」左邊邊緣忽有孤峰拔起，通體褚紅立於河道彎處，是座天然的城門樓。它的對面有一塊巨岩，中有凹槽，隨著陽光變換，時金時黑彷彿蝙蝠展翼，姑且稱之為蝙蝠岩！

再往西依序是「早晨榮耀」（Morning Glory）和「基督徒兄弟」（Christian Bros.），巨石嶙峋，千奇百怪，許多年輕人正一身裝備忙著攀岩。前面山谷亂石堆積，頂上有一塊岩石獨立，遠看像一個大頭娃娃，苦無步道可達，剛好有一對年輕人攀石而上，於是先生獨自大膽跟進，未到跟前便知難而退。

下午換走高崖上的步道，視角煥然一新，更覺城堡氣勢磅礡，雖看不到「猴面岩」，但城門樓、蝙蝠岩和大頭娃娃，及其背後的喀斯喀特山脈雪峰皆清楚可見。

喀斯喀特湖景觀路全長六十六哩，沿途白山、綠水和青松充斥，在許多湖畔不僅能欣賞到南姊妹山（South Sister）、破頂山（Broken Top）和光棍山（Mt. Bachelor）的湖山倒影，更是釣魚、划船、露營、滑雪和步行的好地方。

狀如圓錐的光棍山海拔九千零六十五呎，位於喀斯喀特山脈東段，獨立於三姊妹山之外，因此被稱為光棍山，是全美第二大的單山滑雪場。

景觀路在我們抵達前兩天才剛開放，不過路旁積雪未消，許多步道仍然關閉。整條路上計有十四個高山湖泊，多在海拔四千呎以上，全都嬌小玲瓏，冰清玉潔。惡魔湖（Devils Lake）以其來自冰川的碧綠湖水聞名，湖很小在公路上即能看到全貌，四周青松環抱，白雪掩徑，泛著祖母綠的湖面一片平靜，不知為何名為惡魔湖？

麋鹿湖（Elk Lake）因其夏天多麋鹿而得名，其度假村面對湖的西岸，對岸成排青松將湖水染綠，白雲漂浮其間宛如白荷朵朵，景色超凡出塵。

位於麋鹿湖東邊的霍斯默湖（Hosmer Lake）原名泥湖（Mud Lake），因湖底滿是泥土、泥炭、苔蘚和水生植物，後為紀念博物學者霍斯默而改名。水深僅三呎且水域狹隘，站在南端觀景點雖然只能看到湖的一角，但光棍山近在咫尺，峰頂覆雪如奔瀑，湖水清澈似明鏡，若非橡皮艇划破水中雲影，幾疑身在圖畫中。

此處處於火山帶，湖泊多由光棍山熔岩凝固後造成，熔岩湖（Lava Lake）和小熔岩湖（Little Lave Lake）便直名不諱。兩湖皆能欣賞到南姊妹山、破頂山和光棍山的丰神秀貌。離開兩湖後，在公路邊可看到成堆成堆黑炭似的東西，皆是火山爆發後留下的熔岩，看來觸目驚心。

在前往火山湖（Crater Lake）途中，不時可以看到一個三角板狀的山尖，乃是希而森火山（Mt. Thielsen），在三十萬年前經多次火山爆發及冰川侵蝕而形成陡峭的斜坡及頂上的尖角，其尖角經常被雷擊中，因此被暱稱為「喀斯喀特山脈的避雷針」（The Lightning Rod of The Cascades）。又因它是由灰塵、煤渣、熔岩和角礫岩層層堆疊而成，岩壁上便出現了不同顏色的横紋，不像其他火山般通體深黑。

火山湖是此行的最後一站，遺憾亦因積雪未消，北邊入口關閉，南邊入口雖是終年開放，但進去以後也只有西緣路開放一小段而已。

約在四十萬年前由於火山的不斷爆發，造成了一萬兩千呎高的馬札馬火山（Mount

Mazama），而它在七千七百年前大規模爆發，遺留下大量的岩漿、浮岩和灰塵，終將山頂壓垮形成了一個火山口，這個很深的盆地隨之承接了數千年的雨雪變成了一個湖，而且是一個沒有任何溪河介入的封閉高山湖，雖有滲出和蒸發卻為雨雪所平衡，水位奇妙的保持不變，更奇妙的是所有顏色光譜皆為藍色所吸收，因此湖水格外的又清又藍。

湖深一千九百四十三呎，是美國最深的湖。在湖形成以後，又一次火山爆發，在湖的西邊堆積出巫師島（Wizard Island），海拔六千九百三十三呎，露出水面的部分僅七百五十五呎，晴空下只見其上長著不甚茂密的松林，毫無神祕之感。

北岸岩壁稜角分明，倒影湖中形成各種幾何圖案耐人尋味，而後面希而森山的白色山尖更為之錦上添花。整個湖面其實是一面明鏡，反映著天光雲影，時而深沉時而淺淡，但不是想像中的藍寶石色彩。這座沉睡已久的火山，現在看起來平靜異常，但誰也不知道它將於何時再度大顯威力？

（二〇一九年九月一日，發表於《世界日報》北美旅遊版）

1/2/3

1.史密斯岩石公園
2.霍斯默湖（背景為光棍山）
3.火山湖（左為巫師島）

北桌山美如蜀錦

二〇一七年加州春季降雨量打破了歷年記錄，以致野花到處瘋狂怒放，兩度泅泳蘆葦平原（Carrizo Plain National Monument）花海，當時孤陋寡聞的我以為這已是野花秀的極致，今生恐難再見，然而世事難料，今春雖異常乾旱卻在北桌山生態保護區（North Table Mountain Ecological Reserve）內見到了另一場野花秀。

大約在三千或四千萬年前，火山噴發形成的熔岩流（玄武岩流），一次又一次填滿溪谷，侵蝕谷壁，最終堆積成了幾百呎厚的深色火山岩層，在奧羅維爾市（Oroville）以北，留下了平頂的玄武岩高原，稱為桌山。遠觀桌山似乎是一個緩緩傾斜的高原，在其西邊突然塌陷，高達兩百呎的黑暗懸崖垂直落入中央山谷。桌山的頂部是由熔岩流侵蝕雕刻而成的，再加上岩石易於形成垂直裂縫，遂將其表層切割成許多陡峭的溝壑和幾條險峻的峽谷，其中一條峽谷將高原切成兩半，形成了北桌山和南桌山。

玄武岩中的裂隙吸收了冬天的雨水，形成了季節性的溪流和瀑布。然而有些地方的玄武岩是不透水的，於是雨水蓄積成了一個個臨時水池，當雨季結束後即自行乾涸，這就是罕見的北部玄武岩流春季水池。為了保護這些春季水池及幾種稀有動植物的棲息地，在一九九〇年代，漁獵部門（DFG）收購了三千三百英畝的北桌山土地闢為生態保護區。

高原頂部大多是稀疏的草原，冬季寒冷多雨，夏季炎熱枯乾，歷來只有放牧一直是該保護區的主要土地用途。又因地處偏遠兼且平坦如桌面，既不能攻頂亦不能攀岩，難以吸引登山客，但拜冬季瀑布和春季水池所賜，北桌山的春天野花漫山遍野，是北加州最熱門的賞花勝地。

保護區位於加州首府沙加緬度正北方七十餘哩處，離我們東灣的家約三小時車程。我們雖已接種了兩劑疫苗，但為小心起見，仍維持不外宿不外食及當天來回的原則。不方便的是區內沒有公廁設施，未到旅遊旺季也沒有流動性厠所，我們自備馬桶在休旅車內方便還真的是不方便。

保護區很大，南有比特森峽谷（Beatson Hollow），北有煤炭峽谷（Coal Canyon），沿著峽谷大約有十多個瀑布，最負盛名的是幻影瀑布（Phantom Falls），其次是山溝瀑布（Ravine Falls）。參考網上眾家說法，打算從停車場往西走，經空心瀑布（Hollow Falls）至比特森瀑布（Beatson Hollow），然後折返比特森交界處（Beatson Junction），由此往北至幻影瀑布，再從東邊南下回到停車場，全程約六哩。

出了高速公路，一路可見一平坦高原，想來就是桌山。錯過了出口小路，兜了一圈盤旋上山，途中意外經過歷史名鎮奧勒岡市（Oregon City），它是由一群奧勒岡人在一八四八年於加州淘金熱期間創建的，與加州的許多小鎮名稱一樣，奧勒岡市根本不是一個城市，但曾為黃金開採和供應中心，現已淪為鬼鎮。經由雙線道的廊橋可通往舊區，這建於一九八三年的木製紅色廊橋古色古香，卻是以假亂真的古蹟。

到達保護區停好車，放眼一望，廣大的草原上五彩繽紛，草地溼軟，有些地方還有積水，更吃驚的是前面居然還有一條藍色涓涓細流。矮羽扇豆（Sky Lupine）和加州金田野（California Goldfields），競相以豔麗的藍紫和耀眼的金黃彩繪大地。

區內步道雖多但路徑並不明顯也沒有清楚的路標，號稱山頂平如桌面，其實沒有一吋地面是真正平坦的，高低大小不一的火山熔岩露頭和縱向切割的溝壑隨處可見，散落的尖銳石塊更是難以行走，不過一路上「百般黃紫鬥芳菲」，讓人目不暇給，以至錯過了空心瀑布，為趕時間也沒有在比特森瀑布停留。北上路旁陸續出現了白色爆米花和橙色加州罌粟花，也有幾條清澈的小溪橫過，北面一排低矮山坡上，各色野花如彩線交織，織出了飛雲流彩的整匹蜀錦，富麗堂皇，美得不可方物。

眼前忽然出現了岔路，不明就裡隨著路標左轉來到六十呎高的下山溝瀑布（Lower Ravine Falls），瀑布雖小，水量還算豐沛。沿著小徑下至谷底繞到山溝對面，兩側山坡滿是盛開的罌粟花，彷彿穿行在燦爛的橙色燈海之中。登上坡頂視線豁然開朗，橙色罌粟、加州金田野、白色爆米花和藍紫羽扇豆在此形成一片波瀾不興的花海，周邊晚開的黃地毯（Yellow Carpet）、紅衣女僕花（Red Maids）和奶油雞蛋花（Butter-And-Eggs）來勢洶洶，但尚未能掀起千層浪。這些花朵都很小且是貼近地面而生，數量龐大綿延不絕，不見任何飛鳥和蜂蝶，正納悶這花粉是如何傳播的，陣陣清香隨風飄來，想來山上風大且一無屏障，應是以風為媒介傳播花粉的。

留連花海迷失了方向，遠遠看見前方隆起坡上有兩團如火烈焰，遂踩著遊人足印前去觀看。原來我們已走到了幻影瀑布觀景點，地層好像在此突然裂了一道大口，造成零點二五哩寬三百呎深的煤炭峽谷，黑色巨大的柱狀玄武岩壁，矗立如墓碑，谷底碎石堆積似煤渣，難怪名為煤炭峽谷。

巧的是兩塊弧形墓碑的交接處有一凹槽，其上烈焰般的橙色罌粟環繞著火山熔岩露頭往下延燒，在陽光映照下化為一個如夢似幻的金色瀑布，誤以為它就是幻影瀑布。其實真正的幻影瀑布位於離它不遠的峽谷邊緣，瀑布是由一股山坳中的春季溪流直瀉而下所形成的，高僅一百六十六呎並不壯觀，然而它只在深秋至初春的陰雨月分現身，一到乾旱季節便消失如幻影因而得名並引人注目。

峽谷附近溝壑斜坡層疊交錯，群花在此不受地勢限制，不受流派約束，不為過往悲傷，不為未來憂慮，只在當下恣意自在的綻放出道道彩虹，安慰飽受疫情驚嚇的人心。可惜此處多屬私人產業，牛群和鐵絲圍籬處處可見，再次迷失了方向，怎麼也找不到就在附近的雙山溝瀑布，不得不循原路而歸。

聽說山上野花種類多達四十種，我們只看到幾種常見的，錯以為花期還長，不同的花會陸續登場，又因氣候不佳和雜事耽擱，一個月後才得再次上山，一下車便被眼前景色驚呆了，高原上枯草過半，牛群處處，哪裡還有花的影子！

這次改換路線，想由停車場直接北上幻影瀑布，一路上既無行人足跡亦無路標指路，僅憑先生的方向感前行，途中牛群阻道，銳石擋道，牛糞當道，左閃右避仍不得其道。偶而看到一兩叢奄奄一息的羽扇豆和罌粟花，或一小片細碎小白花，或幾朵紫色三葉草，彷彿看到了沙漠中的綠洲，頓覺眼前一亮。

美如蜀錦的山坡好像被誰錯按了刪除鍵，所有飛雲流彩都被刪除一空，只剩下黑色火山熔岩露頭，兀立如瘡疤。幻影瀑布當真是消失如幻影，卻誤打誤撞來到雙山溝瀑布，大片柱狀岩壁肅穆靜立，其上溝壑猶在但滴水皆無，更沒有瀑布的影子，卻在懸崖峭壁邊緣看到稀稀疏疏的粉紅小花，四片杯狀花瓣類似加州罌粟，中心紅色，它的英文名字長而難記亦不知其意，倒是它的別名「告別春天」有如醍糊灌頂。

既已「告別春天」，我又豈能奢望著春天不老，百花不凋？縱然眼下花如春夢了無痕，難約年年為此會，但只要春雨降下，這北桌山又將是萬紫千紅。

（二〇二一年六月二十七日，發表於《世界周刊》No.1945）

1.真假幻影瀑布

2.橙色燈海

3.美如蜀錦

4.道道彩虹

親情如海

母親的盤扣

近來看了一齣清末民初劇，劇情荒誕不經難起共鳴，演員不知姓名過目即忘，唯有女主角衣襟上一付付精美的盤扣讓我印象深刻，驚豔之餘不由自主地想起了母親的盤扣。

盤扣是中國式鈕扣的一種，但無論外形質材皆與其他類型的鈕扣大相逕庭。古人以繫帶打結固定衣襟，隨著結的廣泛應用和發展，據說在南宋時即有了一字扣，但至明萬曆年間才真正出現盤扣，在實用功能外亦多了裝飾作用，清人入關後盤扣更被大量使用於男女衣著上，上世紀末又因中國熱及唐裝、旗袍的盛行，進而發展成一種獨門藝術。

一組盤扣包含扣結、扣門和扣花三個部分。長久以來扣結和扣門可說一成不變，但扣花的樣式卻是千變萬化，常見的花、葉、蝴蝶、琵琶、喜字、壽字、同心和幾何圖案等，已是琳瑯滿目美不勝收，再經影視節目的誇張渲染，巧匠推陳出新，打破原有的對稱格式，形成大幅不對稱圖案，更由固有的包、縫、盤外添加編、嵌工序，使得空心平面的盤扣實心立體化，顏色亦由單色變為多色，綢緞材料益增其華麗典雅，尤其對旗袍起了畫龍點睛的絕妙作用。盤扣亦不再侷限於衣飾上，但凡禮盒、喜帖、枕頭、錢包和手提袋上都有它的身影。

然而母親的盤扣既談不上華麗典雅，更與藝術扯不上關係，而只是辛酸的一針一線。

母親自幼與寡母居住湖北鄉下，沒有唸過書，小腳先纏後放，幹的竟是種地、挑水、蒔棉花和織布等粗重工作，雙手粗大完全不擅女紅，但隨軍撤退到台灣後無地可種，而父親微薄的軍餉養不活一家三代七口人，於是母親接下了盤扣工作貼補家用。

那時駐台美軍眷屬喜穿唐裝，村中會說英語的黃媽媽批進了唐裝成衣交給母親定製盤扣。直襟唐裝有長短大小之分，盤扣多寡尺寸亦因之有別，不過材料皆為單色洋布，顏色大概只有粉紅、天藍、淺黃和白色這幾個基本色，至於扣花部分我只記得兩種花樣，一種是空心的三個圓圈（狀似三葉草），另一種是左右對稱的螺旋形雙圓盤。

記得母親是先將洋布斜紋剪成長條，漿洗燙平後將長條固定在椅背上，然後坐在小板凳上將長條兩邊往裡摺，一針一線地將其密密縫合成長圓細條備用，裡面是否有包入鐵絲以便定型我就記不得了。

有時母親會先將布條塗上洋蠟使其硬挺便於掌握，但亦因其硬挺增加了縫合的難度，拉扯針線時經常會戳到手指頭，疼痛不說有時還會滲出血星子。上幼兒園的我不解母親的辛勞，但頗為自得能幫母親穿針線。

至於如何做成一付完整的盤扣我毫無印象，也許因為母親白天要洗衣、燒飯、掃地、擦桌，有忙不完的家事，些許空閒只能將長圓細條準備好，待我入睡後才在燈下完成其餘工序。為了省電，大概就是就著一盞昏黃的燈光做活。日後母親老是抱怨眼睛不好，看不清楚，應與燈下做盤扣大有關係。

我除了替母親穿針線外，還幫她跑腿去送貨，有時也陪同母親前去討要少許的工錢，不知大人交頭接耳說些什麼，但有幾次在回家的路上聽到母親的低聲埋怨，不過這些都與我無關，我一慣甩著兩條辮子蹦跳著回家。

雖說家境清寒，母親卻捨得買花布替我縫了好幾件連身裙，有的還綴上一兩付小盤扣，我從不覺得好看亦無視盤扣的存在，更不解其後隱藏的母愛。我十歲那年母親得了膽結石，這在當年是攸關生死的大手術，出院後她再也不能操勞做盤扣。

盤扣就此淡出了我的生活視野，後來只偶爾在買來的棉襖上看到盤扣，因是機器大量製造，質料花樣皆俗不可耐，對盤扣自無牽掛。又因母親認為女人天生命苦，婚後要做一輩子的家事，從不要求未嫁的女兒做家事，我因此終生不嫻女紅，從不曾興起學做盤扣的念頭。

誰知時過境遷，手工盤扣竟然飛上枝頭成了鳳凰，不禁好奇盤扣是怎麼做的。由教學影片中得知做盤扣除了針線外還需一把短尺和一個鑷子，短尺用來量扣花長寬，確保每個扣花一樣大小，鑷子則用來拗折定型。

做扣結時將布條套在左手大拇指和食指上，然後左穿右繞再上下左右拉扯數次才能完成一個球形結，我連續看了幾次也沒有看懂是如何穿來繞去的？

回想母親當年既沒有說明書也沒有人親身示範，更不可能有教學影片，頂多有付現成盤扣可看，她是如何揣摩出做法的呢？她不識字不會用尺，又是如何丈量裁剪布條的？還有她是如何決定圓圈大小和對稱平衡的？

我徒有修長雙手，卻是什麼針線活都不會做，而母親那雙粗大的雙手竟能做出細緻的盤扣，不是為了興趣和消閒，純為生活所迫不得不為之。雖然母親的盤扣樸實無華，但又何嘗不可說是她的藝術創作？

（二〇一七年十二月二十四日，發表於《世界日報》副刊）

逝去的年味

母親在失智以前對過年過節都是興致勃勃的，不管生活如何艱苦，手頭如何拮据，她都會想盡辦法弄出年節的應景食物，上元元宵、端午粽子、中秋月餅固不可少，過年更是大事，年菜、臘肉、臘魚、香腸和糍粑缺一不可。

按照她的湖北老家習俗吃完臘八粥後便可開始醃魚醃肉。魚是呎長的青魚或草魚，一定要頭尾具全，由邊緣剖開連成一整片。肉選用瘦多肥少的部位，帶皮切成長條。魚和肉抹上鹽、酒、花椒及些許硝粉後分置缸內密閉，三五天後出滷，分別打洞穿上細繩，掛在晾衣服的竹竿上曝曬。

灌香腸的工序較醃魚醃肉麻煩許多。首先要向肉販子訂購腸衣，再經過鹽洗風乾才能使用。後腿肉須切成粗大塊粒，加入鹽、糖、酒、醬油和些許硝粉拌醃使其入味。母親有一個漏斗狀的小工具，將它套在腸頭往裡塞肉餡，一擠一壓一捏就出現了一截截香腸，看著挺容易好玩的，無奈她從不讓我們插手。

曝曬臘肉、臘魚和香腸並非易事。台北的冬天沒有湖北冷，常是陰雨天只能晾在屋簷下，難得晴天可以晾在院子裡，卻擔心蒼蠅來盯，貓狗偷食，還有牆外伸進來的三隻手。母親經常是早晚搬進搬出並各數一遍，有一年還是被三隻手摸走了一些魚肉香腸，她心疼得不得了，因為這在她眼中不僅只是年貨而已，更是代表來年家運的吉祥物。

臘月的民間習俗不少，但撤退到台灣後，像祭灶神、接玉皇、貼門神春聯等母親都省了，卻堅持了年底掃塵的老規矩，但不一定是在臘月二十四那天。不僅拆洗棉被床單，還要洗地、擦桌椅和洗刷門窗，忙得人仰馬翻，全家不得安寧。

臘月二十八起母親開始準備年菜。為紀念父親於一九四九年九死一生逃到台灣，父母逢年過節吃素，十錦菜和蒸豆腐丸子是他們的年節主食。十錦菜未必有十樣食材，記得有冬菇、木耳、金針菜、豆腐皮、胡蘿蔔、芹菜等，皆須一一清洗切絲再用油炒，我看著都嫌麻煩，自己從未動手做過。

豆腐丸子以老豆腐為主摻以榨菜末、蔥末，以鹽、胡椒粉調味，搗碎調勻後摶成大丸子再裹上一層糯米上籠隔水蒸熟，剛出籠時米粒晶瑩帶有特殊的鹹香味，還算悅目可口，但隨著回籠次數的增加，顏色變黃，米粒軟爛，色香味盡失，我從不曾懷念過，不想過了半個世紀，哥哥居然懷念起它來了，問我會不會做？

當然母親也會準備些待客葷菜，像湖北魚丸、粉蒸肉、扣肉、肉糕、珍珠丸子、蛋餃等，這些都是費時費事的菜，弄得一屋子亂七八糟不說，我還要負責剁肉餡，一剁老半天而這些美食卻只有看的份。那時沒有冰箱，再好的美食一熱再熱都成了殘羹剩餚，熟爛混雜的氣味仍不時穿越時空不請自來。

比起打糍粑來做年菜便不算回事了。糍粑是湖北年糕，將糯米浸泡隔夜，次日蒸熟，趁熱倒入抹油的木桶內，由兩個大男人執棒將糯米搗爛，由於糯米有黏性，一棒下去如入泥沼，沒有一把力氣是拔不出來的，同時二人亦須有默契才能一上一下合作無間。糯米搗爛至一定程度，母親便用熱毛巾揪出一團糯米泥，揉捏成圓盤狀放在敷粉的案板上使其定型。風乾的糍粑可切成長條乾煎、油炸或煮湯，不管甜鹹都越嚼越香。

那時幾個堂叔正當盛年又無家眷，正好與父親合作打糍粑。我們兄妹年幼幫不上忙，一旁嘻笑打鬧還不時偷吃兩口糯米，那熱氣蒸騰的歡樂景象歷歷如在目前。

大姊出嫁後，我們兄妹三人不再隨父母過年吃素，而是到大姊家吃年夜飯。見了果盤盒內滿滿的糖果瓜子，我們見獵心喜拚命往口袋裡塞，慷慨的大姊夫見狀並不說破，反命大姊一添再添，大姊那時的尷尬讓我們臉紅至今。

年初二大姊回門也是我們最高興的日子。母親總會準備四個糖雞蛋給大姊夫吃，說是吃了會四季發財，我們自然不信這一套，卻愛偷笑大姊夫無限痛苦的吃相，然後歡喜接過他給的大紅包，因為這是唯一不須上繳的紅包，一年的零用錢就指望它。

母親不知何時向誰學會了做甜酒釀和芝麻湯圓，元宵節必定能吃上一碗酒釀芝麻湯圓，外皮細膩軟糯，內餡滾燙香甜，一碗下肚渾身舒暢，討厭的是吃完湯圓又要開學了。

父母移民美國和我們同住後，坐七望八的母親仍對過年充滿興致，認為密西根氣候乾燥寒冷最適合做臘肉、臘魚和香腸。可是美國超市裡根本看不到全魚更遑論青魚和草魚，腸衣及連皮豬肉亦無處可尋，拗不過她買了些大塊豬肉代替，鹽酒花椒不缺但沒有硝粉，原就擔心那千分之五的硝粉分量她如何能拿捏得準？既然沒有我算放了心，她卻直嘀咕缺了硝粉顏色不好看。

做出來的臘肉果然沒有以往的紅亮好看，更傷腦筋的是無處晾曬，後院陽台滿是積雪且無晾衣服的竹竿，雖無蒼蠅但怕招來小動物搶掠和洋鄰居的猜疑，先生只好在車房裡支起一根木棍掛曬，母親嫌陽光不足非要敞開車房門不可，早晨我們出門後不知她又是如何踮著小腳折騰那些臘肉的，結果吃到嘴裡的早已不是當年的滋味。

此後母親不再吵著做臘肉，但仍念念不忘打餈粑。有兩年聖誕趁著哥哥一家和單身的大外甥來訪，母親慫恿動了他們，真的在地下室用塑膠桶和棒球棍打起餈粑來了，這回輪到我和二姊的孩子們在旁嘻笑打鬧和偷吃，打餈粑亦成了他們回憶中的年味。

曾幾何時，堂叔、父母和大姊夫婦都走了，我升級成了外婆，女兒問我怎麼過年？在加州臘肉、香腸、年糕和湯圓隨時隨地都買得到，甚至年夜飯亦可外食，不過醃製品易致癌，湯圓易三高，各式年糕雖然好吃終究不是餈粑，餐廳裡也找不到母親做的年菜。庸碌一生，既沒有母親能幹更沒有她對過年的那份興致與執著，唯一會做的是學母親給孫輩壓歲錢，那逝去的年味該如何傳承給女兒和外孫女呢？

（二〇一八年二月十七日，發表於《世界日報》副刊）

棗紅毛衣

父親開始洗腎以後格外怕冷，家裡終日保持華氏七十度恆溫他仍嫌不夠暖。裡面既已穿了衛生衣褲，外面就不願意像母親那樣再層層包裹礙手礙腳的，只想在襯衫外加一件開口毛衣就好，這個要求看似不高，但想要讓他滿意卻非易事。

我們居住的密西根州半年寒冬，商店裡各式厚薄毛衣充斥，但絕大多數都是圓領或V字領的套頭衫。開口毛衣並不多見仍以V字領居多，他嫌胸口和脖子受涼素來不喜。偶而有一開到底的他又嫌扣子多麻煩，而且領口太緊脖子不舒服。難得看中式樣，偏偏材料不對，不是太厚笨重便是太薄不暖，要麼袖口窄瘦或袖子太長，總之難合尊意。

有一年聖誕，我跑遍了大街小巷總算找到一件開口毛衣，顧不得價格偏高當即買下做為他的聖誕禮物。皇天不負苦心人這回他大為滿意，連說棗紅色好看他喜歡，小翻領可以圍脖護胸卻不會勒住脖子，扣子大易扣易解，兩個大口袋好暖手，純羊毛粗線肯定暖和，雖然袖子稍長亦不夠輕便，他也不介意，此後每年幾乎有大半年的時間都穿著它。

天冷他將扣子密密扣嚴，天暖他敞開不扣，從背後看去，只見一頭白髮配著棗紅毛衣十分醒目。週日做禮拜時，他和母親多是與長青團契的長者們坐在前幾排，我和二姊則坐在最後幾排，中間隔著好多排座位，在眾多白頭中我總能一眼認出他來，心裡覺得好溫暖。

老人家們通常晚上失眠，到教堂做禮拜時，也許是因為裡面太過安靜而不由自主的打起瞌睡來了。不時看到父親頻頻點頭稱是，知道他又在打瞌睡了，心中偷笑但又怕他會打起呼嚕來，那可是驚天動地的教人受不了。

好在他有自己的節奏，前點後點一陣子便自然醒了，然後拄著拐杖起身，慢悠悠的晃出去上廁所，經過我們座位時會以眼示意，不須麻煩我們他能照顧自己。過了一陣子又見他慢悠悠的踅回座位。如是一兩次，聚會也就告終了。

沒幾年他即因腎臟衰竭安息主懷，但他那棗紅色的身影仍不時在我眼前晃晃悠悠，尤其是做禮拜時總覺得他就坐在前面，隨時會打我身旁而過。每到父親節，教會都會贈送禮物給父親們，望穿雙眼也不見他從座位站起，滿面含笑的接受禮物。有一年父親節我再也忍不住滿眶淚水，只好奪門而出。

出身行伍的父親是大時代裡的一個小人物，終生懷才不遇，將全部希望皆寄託在兒女身上。唯恐我學文沒飯吃，堅持要我學商，然而會計和我是天敵，連最基本的借方和貸方我都搞不懂，選讀的統計一樣是不知所云，求職路上備極艱辛，最後靠寫電腦程式混口飯吃。

年近不惑時我偏又不知好歹的辭職去開店，那時父親已開始洗腎，精神體力大不如前，為我這不智的決定憂形於色。果然不出他所料，我的生意做得一塌糊塗，收支從來沒有平衡過，家庭生活更是天下大亂。

小店產品絕大部分靠手工合成，往往十天半月無人上門，一旦生意來了我一個人忙不過來，先生和我晚上及週末加班是常事，兒女自然無人管教，燒飯洗衣等家務事只能丟給年近八十的老母。難得在家只聽到母親的連連抱怨和父親的聲聲嘆息，而我自己的委屈卻無人可訴。

在失望憂慮勞累的重壓下，我日日坐困愁城，既看不到自己的出路，也看不到兒女的需求，更看不到母親老年痴呆的症狀。以為父親堅強，永遠是我的支柱，哪知他為洗腎所苦，憂慮人工血管只有五年的壽命，而當時二姊新寡，我又生意失敗，擔心他死後誰來照顧沒有獨自生活能力的母親？

好幾個晚上母親睡了，父親和兒時一樣獨坐燈下守門，看到我早生的白髮和一臉風霜，他的眼淚隨著嘆息而下，心疼這原是敲鍵盤的手，竟然動刀用鋸幹著粗活，苦口婆心的要我趁早收山。然而經濟不景氣，求職無門，小店也賣不掉，只能要死不活的拖著，直到房東將我們趕了出來，才不得不關門大吉。

幸得教友幫助，離職六年的我得以重回職場，父親為此歡喜得不得了，以為我可以從此朝九晚五的安做到退休。好在他沒有看到後來的金融風暴，否則他不知又將如何的憂心？

我回去上班不到一年，父親的憂慮成真，人工血管報廢，而他的身體狀況無法承受再次安裝人工血管手術，含恨丟下母親而去。但他沒有料到母親的生命力強韌，在二姊家多活了十年才息了地上勞苦。

父親走後，那件棗紅毛衣一直掛在門口的壁櫥裡，彷彿父親還在，那棗紅身影隨時會打我眼前而過。我不知父親是否真的那麼喜歡這件毛衣，還是因為這是我這個不成材的么女送給他的唯一禮物？

（二〇一八年十二月十一日，發表於《中華日報》副刊）

戀戀魯冰花

〈魯冰花〉是一部國語老電影，曾經轟動一時並得過很多國際大獎，可惜電影上映時我已身在國外多年，沒有機會觀賞電影，更不知道電影情節，卻牢牢記住了這個美麗的名字，非常好奇它是個什麼樣的花。直到最近才知道它的學名就是羽扇豆（Lupine），因其英語發音近似台語的「路邊花」，而被台灣美化翻譯成了「魯冰花」。

羽扇豆我也只是久聞其名，從未親眼見過。今年春初到加州一號公路邊的科威爾農場海灘（Cowell Ranch Beach）遊玩，農場滿是盛開的百慕達奶油花（Bermuda Buttercup），對面臨海斷崖邊則漫生著尚未開花的海灘草莓花（Beach Strawberry），萬沒想到，在這一片碧綠中居然生有一朵不一樣的花。

植株矮小，花梗上由許多蝶形小花層疊簇生成一朵棒球大的大花，以黃白為基色泛著深紫淺藍，華麗而不失典雅，讓人一見難忘。幸有手機植物識別app，得知它的芳名是多色羽扇豆（Varied Lupine），是羽扇豆的一種。

屬於豆科的羽扇豆品種繁多，多為多年生草本植物，只有少數是一年生的，還有些是灌木。花色有紅、黃、白、藍、紫等色，五彩繽紛極具觀賞價值，其中最負盛名的是藍色矢車菊（Texas Bluebonnet），它也是德州州花。長柄支撐下的掌狀複葉上有五至十五片的披針形小葉，整個掌狀複葉形如「羽扇」，所結果實又似豆莢，因而得名「羽扇豆」。它含有豐富的蛋白質和膳食纖維，被視作優質蛋白，但有些品種含多種生物鹼，有毒味苦，沒經適當處理不能隨便摘食。

它原產於美洲和地中海沿岸，適生於溫帶沙地。加州海岸沿線生有多種野生羽扇豆，長在三千呎以下的草原、叢林、橡樹、混合針葉林等多種棲息地中，經常和其他的春夏野花如加州罌粟共存於同一棲息地中。它們共同的特徵是具有垂直的花梗、掌狀複葉和毛茸茸的豆莢。每一花梗頂端皆生著一簇不規則的蝶形小花，每一朵小花皆由一片旗瓣（Banner）、兩片翼瓣（Wing）及兩片龍骨瓣（Keel）組成。花朵成熟後，每朵花都會形成一個小豆莢。

在東灣我家附近的小山上，常見的是一年生草本羽扇豆，具有藍白兩種顏色，高不盈呎且混生於野花野草之中，不易辨認而常被忽視。較靠內陸的北桌山（North Table Mountain），山頂平如桌面，其上是混雜火山岩石的空曠草地，三月初深藍的羽扇豆和金黃的加州罌粟競相怒放，形成強烈的藍黃對比，造成極大的視覺震撼。千花萬朵貼地而生將大地覆蓋上一條錦繡花毯，只是見花不見葉，無從辨認是迷你羽扇豆（Miniature Lupine）還是天羽扇豆（Sky Lupine）？前者花色較淡，花簇較短，葉片較窄且旗瓣高大於寬，但這些都是非常細微的差別，全憑肉眼還真是難分軒輊。

郊狼山（Coyote Hills）是位於舊金山灣（San Francisco Bay）邊緣的一小片山丘，四月中旬山上野花怒放，一片璀璨，其中最耀眼的便是和加州罌粟共存的銀羽扇豆（Silver

Lupine）。它是多年生灌木，高約三至五呎，一叢叢蓬勃而生，花簇約有一呎長呈尖塔狀，花朵由下往上開放，塔身是豔麗的紫羅藍色，塔尖是銀灰色，但它非因塔尖銀灰而是因葉子銀色而得名，不過在我看來只是灰綠偏白而已，算不上銀色。由於它是灌木不似迷你或天羽扇豆能鋪滿整個地面，倒像是成群穿著紫色蓬裙的美女在走紅地毯，加州罌粟則此起彼落閃著金黃鎂光燈，忙著補捉美人風采。

加州一號公路旁濱海的沙地上，成簇的多色羽扇豆常與冰草（Ice Plant）混生一處，偶而也有幾叢黃色灌木羽扇豆（Yellow Bush Lupine）穿插其中，以為它只宜獨居不適群聚，萬沒想到六月下旬的博德加灣頭（Bodega Head），漫山遍野都是黃色灌木羽扇豆。

博德加灣頭是美國加州北部太平洋沿岸的一個小海角，位於舊金山西北約四十哩處。此處海風強勁，終年低溫，多屬沙質土地。在東邊背海面臨半月形海港的這片山坡上，遍佈高約四至六呎的黃色灌木羽扇豆，高大輪生的花簇有如根根黃色玉米苞挺立於茂密的綠葉之上，且帶著濃郁的花香，令人垂涎。放眼望去，藍天在上，碧海在旁，黃色波濤傾斜而下，漫步其中目眩神迷不知身之所在。

在這片黃色花海中也雜有少數的白色和多色羽扇豆的蹤影，但皆不及黃色的高大。灣頭北邊的另一片山丘上，雖也是黃色波濤洶湧，但不少已結出綠色帶絨毛的豆莢，看起來既像毛豆莢也像豌豆莢，偏卻有毒不能吃。掌上小葉並非扁平而是帶有凹槽的，神似香料八角。小花密集而生，通體黃色，還是看不清楚它的結構，卻聯想起半張著嘴的開心果。

繞到面海的那一面，黃色波濤隱去，懸崖峭壁上方的山上密佈紅色冰草和多色羽扇豆。可能是為了抗拒強風，盡皆矮小貼地而生。此處的羽扇豆宛如朵朵蓮花，姿態顏色各異，有的竟可將黃白粉紫諸色集於一身而不顯俗豔。外圈旗瓣非為純色，而是經過刻意渲染，流光泛彩的漣漪圈。這一面山坡也因之成了絢麗多姿的大壁畫，讓人百看不厭，留連不去。

看多了羽扇豆愈發好奇電影中的魯冰花究竟是哪種羽扇豆?·總算在YouTube上找到了這部老片。片中主角是一對幼年失母的姊弟，姊姊認真好學並身兼母職，弟弟調皮不愛讀書只喜歡畫畫。從大城市調來的郭姓美術老師非常欣賞他的創意畫作，贈以蠟筆且刻意栽培，後又推舉他代表學校出外比賽，但遭到其他老師的反對，改由鄉長兒子出賽。郭老師憤而辭職，告別時帶走了一張他畫的茶蟲畫作為紀念。

病了的弟弟無錢看病，又因老師遠別和落選傷心更加病重。父親賣了唯一的養生小豬想要為他治病，卻因被鄉長逼債而事與願違。就在一個陰雨天，弟弟獨自來到溪邊，想要完成他的心願，畫下這美麗的山水，未及畫成，即手握著郭老師送的紅色蠟筆含恨而終。

葬禮過後，大家才發現郭老師將他的茶蟲畫送去參賽，獲得世界兒童繪畫比賽的金牌首獎，這消息轟動整個鄉里，過去嘲笑鄙視他的人，現在爭相稱讚他是早夭的天才。姊姊代他致詞時特別強調，在他獲獎之前只有郭老師一個人說過他是天才，最後更沈痛地說道「全世界的人都看不到他畫的圖了，永遠都別想看到」。

原以為這是部關於魯冰花的電影，看完才發現除了片頭和片尾出現過魯冰花的畫面外，片中對魯冰花一無著墨。那黃色的花朵迥然有別於我見過的羽扇豆，倒是那掌狀複葉並無不同，想來應是羽扇豆中的一種吧。

這部悲情電影是藉著台語諧音「路邊花」來暗喻低賤小民的任人踐踏，同時批判了當時的教育制度。不過謝了的魯冰花還可以當作茶樹肥料，有助茶樹長得茂盛，也讓人們能喝到香甘的好茶，而且它明年還會再開，只是那在制式教育下早夭的天才卻永遠回不來了。

回想那漫山遍野的黃色羽扇豆，默默而生，無人照顧憐惜，獨自與強風低溫抗爭，硬往沙石中深深札根，不僅能開出一片燦爛還能結果生子，生生不息，較之「化作春泥更護花」的魯冰花，同樣發人深省。

（二〇二一年十一月二十五日，發表於《世界日報》副刊）

1.博德加灣頭
2.博德加灣頭的彩色壁畫
3.黃羽扇豆
4.多色羽扇豆

人要衣裝

母親素來羨慕別人穿紅著綠，自己卻非黑即灰的過了一輩子，問她原因總說是父親不喜歡，若問父親他則笑說沒有這回事只要母親喜歡就好，然而在父親病逝之前她始終沒有穿過色彩鮮豔的衣服，甚至連她最最在意的壽衣也在千挑萬選之後選擇了黑絲絨套裝。

在我小時候她平日總是一襲素色旗袍，只有過年時才換上一件灰藍色的絲棉袍，雖然夏天曾多次從箱底翻出來曬太陽，此時上身仍帶有一些樟腦味。後來改穿洋裝也多是素面起暗花，因此印象中的母親總是老氣橫秋的。

她自己捨不得添置新衣，卻摳下菜錢為我們姊妹織打紅毛衣過年，這習慣持續多年，直到我們抱怨連連而機器毛衣開始盛行為止。不曾想在我們姊妹生了孩子後她又為孫輩織起毛衣來了，都是鵝黃、粉紅、嫩綠、天藍等粉彩系列，還特別學打辮狀花飾，但美國生的孩子並不領情，毛衣大多閒置，她氣不過便改替自己打，打了一件又一件都是她喜歡的緊身式樣，卻不是她喜歡的那些顏色。

讀書時除了制服外少有其他衣裙，加上耳濡目染的關係沒有任何審美觀念，更談不上個人品味。上大學時正趕上迷你裙和大喇叭褲的流行巔峰，迷你裙將我梨形身材的缺點暴露無遺，而大喇叭褲更是欲蓋彌彰，雖有自知之明但唯恐與眾不同也只能跟著潮流走。

在美開始工作時，公司多有服裝要求，男的要穿西裝打領帶，女的以套裝為主但不能太暴露。第一次懷孕時不知該如何穿著，同時也嫌美國孕婦裝太貴，遂趁回台探親時在迪化街買了一些廉價的孕婦裝充數，穿去上班沒人說什麼自己也不覺有異。生完孩子回去上班，一次穿了套新洋裝參加部門聚餐，餐後大老闆的祕書偷偷告訴我，在我懷孕期間大老闆好幾次想派我出去參加會議，但擔心我衣著不得體而作罷。如果換作現在這應該算是服裝歧視吧？

上班好辦，幾套套裝像制服般輪流著穿即可，休閒在家愛怎麼穿就怎麼穿，但出門宴客就傷腦筋了，華人太太個個穿得花枝招展，我自然不能太過寒磣，有樣學樣儘量撿著華麗的洋裝穿，從沒想過自己是否有礙觀瞻。

有一次和幾位太太去逛街，一位美女指著我說「你應該是穿十二號的衣服吧」，我沒敢怪美女眼拙，她卻不容我分說，非要我當場穿上一件八號洋裝證明妾身，穿是穿上了，奈何我沒有人家的纖腰細腿，硬是將公主裝穿出了大媽風範，不過此後再沒人質疑我。

我家先生亦不遑多讓，上班時若不事先幫他搭配好西裝、襯衫和領帶，準能穿成一棵聖誕樹出門。平日常是一身泛白的T恤、短褲或牛仔褲，外加破球鞋和棒球帽，在家得寶（Home Depot）裡一逛老半天，好幾次被人誤為是在那打工的，吆喝著他幫忙搬東西或找貨品，勸他注意點工程師形象，他全當耳邊風，照舊破衣蔽屣逛得自在。

一九八〇年代的美國人講究誠信，買東西不能討價還價，我們奉行不疑，從來是說一不二，直到見識了一位華人朋友後這才茅塞頓開。這位仁兄不管到哪買東西，不像我們一身邋遢，一定是西裝筆挺，皮鞋雪亮，所有服務員皆對他畢恭畢敬，不要說家電用品甚至連家具、汽車都能打折。我們雖心生羨慕，但沒有他的行頭和派頭，唯恐畫虎不成反類犬，始終不敢如法炮製。

青春易逝，轉眼到了不惑之年，未料二姊夫、父親和大姊夫先後病逝，家中氣氛丕變，白衣素服難掩悲傷，我那些花花衣裳從此見不得人。其後人生風暴接踵而至，心情遠比衣服顏色黯淡，直到二姊覓得第二春後，生活中才算重新有了些色彩。

二姊嫁女兒那天，母親以一身淺藍鑲亮片的西式晚禮服驚豔全場，八十九歲高齡的她仍然腰桿筆直，雙腿修長，若非那雙改良式的小腳露餡，足可充當老年模特兒。可惜她的所有青春歲月皆淹沒於深藍淺灰之中，而這晚年的一抹亮麗卻又翩若驚鴻。失智日重的她對成堆的新衣視若無睹，終年穿著幾件父親的舊襯衫和她自己手打的毛衣綣臥在床。

母親走後，兒子飛了，女兒嫁了，我則臨老失業蟄居空巢，沒有婚喪喜慶任何邀約，唯有漫漫長冬蕭瑟如故，既然天地一片縞素，我又何需彩衣妝點，非我無慾而是不忍卒睹試衣間裡的照妖鏡，頃刻間能將好端端的人體妖魔化為蠶寶寶。

生活只剩下家、超市和教會三個點，若另有亮點則是教會裡後來的老年移民，他們不像母親那代人衣著保守，色調陰暗，時常穿得花紅柳綠的讓人睜不開眼。逢年過節更是從國內團購改良式旗袍、唐裝或漢服，手執羽扇肩披紗巾的上台表演或私下拍照，好像只有五彩繽紛的衣著才能彌補所有失去的蒼白歲月。常想母親若還健在，是否會和他們一樣？我自己肯定不會，不是我偏好素雅，而是自欺地以為深色素色衣服可以藏拙。

近年由寒冷的中西部搬到陽光普照的加州，再無冰封雪埋，頓覺視野明亮，心情輕快，開始注意服裝流行花色，然而攬鏡自照總覺得是母親在鏡中，反觀經過人生大慟的二姊始終顯得比我年輕有活力，我何竟蒼老至此？原來是她的穿衣哲學和我不同。

她總是趁著換季大減價時汰舊（或捐或丟）換新，既非名牌亦非當季熱銷，但價廉物美又合衛生更跟得上潮流，不像有些腰纏萬貫的華人仍然穿著二三十年前的舊衣，身材未變固是可喜，節儉與念舊更是美德，然而時過境遷，即使是再名貴的衣服也已是昨日黃花。

如今的衣服不像兒時是穿不破洗不壞的，個人消費能力也今非昔比，衣服的主要功能亦從蔽體保暖演變為美觀舒適甚至只是為了標新立異。上班族的服裝要求越來越寬鬆，新娘不一定要穿白色婚紗，伴娘可以穿著黑色禮服，透視裝和破洞牛仔褲是時尚。

「人要衣裝，佛要金裝」這句老話也有了時代新意，不要以衣取人和分別貧富，更不要講究華衣麗服，而是要看年齡、身分和場合穿著得體，像我這年紀的人若還穿著迷你裙或袒胸露背裝皆不合時宜，況且火雞脖子、蝴蝶袖和鮪魚肚皆需剪裁合身的衣服遮掩，滿身暮氣更要靠時新花色沖淡。想要老得優雅誠非易事，但起碼可以不要在公眾場合虐待旁人的眼睛。

（二〇二〇年三月三十日，發表於《世界日報》副刊）

金魚死了

週末女兒全家循例回家吃晚餐，車房門開後，不見七歲的老大一馬當先的衝進來，反而是五歲的老二占了先，等了好一會才見女兒摟著老大磨蹭著入內，她臉上還掛著淚珠，不停的抽搐著，卻不知為了什麼？

到吃飯時她總算停止了啜泣，紅腫著雙眼說出了原因，原來昨天才買的小金魚今天就死了，妹妹只難過了一下子便撂開了，而她卻無法接受這轉眼成空的無情現實。

她從小即感情豐富，只要是她喜歡的都是全心全意的投入付出，兩歲半時由芝加哥搬到亞特蘭大，捨不得原來的美國保姆夜夜哭泣，很長時間大家都不敢提及任何和保姆有關的話題，否則她又會掉眼淚，直到現在她早把芝城的家忘得一乾二淨，但仍然牢牢記得保姆和她的家。

兒女在她這年紀時也曾吵著要養寵物，舉凡貓、狗、兔子、老鼠、烏龜等都和我犯沖，一直沒敢答應他們。當時二姊的孩子養了兩條金魚，兄妹倆很羨慕，我想養金魚不像其他寵物事多麻煩，糊里糊塗的答應他們養金魚。

當時房子小就買了一個小魚箱、幾條小金魚和一些魚飼料以為這就搞定了，誰知小金魚一養就死，兄妹倆失望大於悲傷，吵著再買，結果死了買買了死。那時我們不懂如何養金魚也沒有谷歌可以求救，請教賣魚的店員才知其中大有玄機，不是隨隨便便的清水即能充數，水質酸鹼值的平衡和溫度的高低都有講究，試了幾回還是不成功，而魚箱又髒又臭，大人失了耐性小孩也沒了興趣，從此擱置一邊。

後來換了大房子，附近經常光顧的超市裡有一大排水族箱，裡面養著五顏六色的熱帶魚，經常吸引兄妹倆的視線，加以學校同學間流行養金魚，而中國人亦說家裡擺魚缸可改善風水，遂又湊熱鬧養起了金魚。

這回換了大型水族箱，事前確定了水質酸鹼值的平衡，加裝溫度計和暖氣確保箱內保持恆溫。箱底墊滿白色細石底砂，其上佈置有人工水草花朵及小橋拱門，一群小金魚優遊其中，看著還蠻賞心悅目的，誰知沒幾天金魚們便自相廝殺得你死我活，戰場一片狼藉，誰也不願去收拾殘局，最後只有老爸動手清洗水族箱。

可是不管如何清洗，三天兩頭箱內的水便混濁不堪，戰事亦未曾停歇，再經專家指點添購了專吃垃圾的食藻魚（Algae Eater），讓牠們互依共生。可是天下非但沒有從此太平，反而出現更加血腥的弱肉強食。

孩子們喜歡多養和餵食金魚，結果

三姊妹爭看金魚游泳

愛之適以害之，因金魚有暴飲暴食和在底砂之間翻找食物的習慣且喜寬大的生活空間，有可能過飽撐死了，也有可能被底砂噎死了，更有可能是缺氧窒息死了。

箱內常見屍首不全的死魚，不知是尚存的金魚同類相殘？還是食藻魚以小勝大？往往又因死魚處理不當造成細菌感染，如此惡性循環，風水未見改善，養金魚卻成了惡夢一場，最後不了了之。

再見到老大時她已歡樂如昔，納悶女兒是如何向她解釋生死問題的？結果老大告訴我說媽媽說金魚死了大家都很難過，但難過會每天減少一點，最後就不難過了，臨睡前她自己選讀了一篇詩篇並做了禱告然後安然入睡。

後來女兒又買了兩條金魚給她，可是第二天一早就發現金魚死了一條，這次她還是很難過但沒有哭，還告訴我說賣魚的說金魚非常嬌貴敏感，很難適應新環境，水質、水溫和氧氣各種條件都要配合完美才能倖存。

曾問過老大，魚兒不能抱不能親也不能和她玩，為什麼喜歡養金魚呢？她笑著說沒關係，她只要看著魚兒在那游泳就很高興。看來金魚死了未必讓她了解何謂生死，但卻懂得了適者生存的道理。

（二〇一八年十月二十日，發表於《中華日報》副刊）

男大不婚

「男大當婚，女大當嫁」是句老掉牙的俗話，年輕時從不以為意，以為結婚是再天經地義不過的事，何足掛心？

在我那個年代「兩個孩子恰恰好」的生育口號喊得震天價響，家家都想擁有一個「好」字——一男一女。先生矮瘦我高大，幸運的是一雙兒女都長得又高又瘦，顏值也比我倆高出許多，尤其是方臉濃眉的兒子常被誤為韓星。

女兒大四時不聲不響交了男朋友，畢業做事兩年後順利結了婚。在妹妹的婚禮上無伴的哥哥顯得有幾分落寞，眾親友見狀都連聲說不急，男生二十幾歲還年輕的很，機會多的是。

不久兒子離開生長的底特律去了北加，以為加州華人多交個把女朋友不成問題。誰知他去的是個偏遠小城，不要說華人連個年輕女人都見不到，而同事全是清一色的白人男士。我們替他乾著急但愛莫能助，他自己則為升格當舅舅很高興，有時也主動和我聊聊他喜歡的女孩子類型，看來他還是很有自信，心想也許過個兩三年小外孫女能替他當花童也不錯。

結果小外孫女替別人當了幾次花童他仍然毫無動靜。年過三十，毅然搬去了聖地牙哥，希望換了風水能交上桃花運，不幸公司裡一樣是陽盛陰衰，下了班還是孑然一身。不到一年在朋友慫恿下換了個在家上班的工作，搬去了洛杉磯。

他說洛杉磯地廣人稠，有小台北、小東京、韓國城等，漂亮的東方女子不少，機會應是大了許多，我們亦充滿期待，卻遲遲沒有他的好消息。偶而電話連絡他的說法轉趨消極，認為無論東方或西方女人大多喜歡肌肉男，因華人女子多嫁白人，而白人女子則鮮少嫁給華人，像他這樣高瘦的華人男子在此是備受歧視的。此外當地多富豪，門第懸殊是另一種阻力。

對他的肌肉論我們雖然不敢苟同，但放眼四周認識的女孩的確十之七八嫁的是白人，除了替他禱告也想不出好辦法。其後他和朋友參加了付費約會服務，雖是經過事先篩選配對，竟也沒能擦出火花。剛好女兒一家搬去了亞特蘭大，他便趁機南下碰運氣。

無奈女兒已當了兩個孩子的媽，來往的都是已婚有孩子的家庭，偶而有一兩個單身女子出現，卻又彼此看不上眼。

其間也常有親友想要做媒，但年輕人對相親一事十分反感，更何況一在天南一在地北，想要安排相親並非易事。有人說現在網路發達不需見面，先通伊媚兒再透過影片見面無妨，可是誰又願意先跨出這尷尬的第一步？

第一次兒子給我面子，答應和女孩子喝杯咖啡。二人雖同住一城但相距甚遠，為了在哪裡見面各持己見，結果不了了之。第二次他人在亞城，不願飛去灣區相親，經我們好說歹勸勉強答應一試，然而貌美多金的女方卻久無回音，最後無疾而終。第三次不管我們說什麼都無動於衷，還和我們鬧了許久彆扭終究沒去。第四次在不知情的情況下和我們參加了一個飯局，他和在場的所有人都談笑風生，唯獨和女主角不來電。

後來我們全家都陰錯陽差的搬到了加州東灣，他買了間小公寓，關起門來過自己的小日子，除非有事很少打電話或回家。其實他離家車程只有二十幾分鐘，卻是咫尺天涯難得一見，有人想要撮合真是連門都沒有。

過了三十五歲，每當別人問我「兒子結婚了嗎？有沒有女朋友？」連我都有些心虛，更招架不住隨之而來的一連串問題。他是軟體工程師有正當職業，身材高瘦會跆拳道、太極拳和日本劍道絕非弱不禁風型，五官端正從未破過相，會彈鋼琴和畫畫有些藝術修養，也會洗衣燒飯和逗孩子，上過幾年中文學校會說會聽一點中文，看過英文本的《三國演義》、《老子》、《莊子》和《孫子兵法》等書，喜歡研究中國歷史也喜歡打電動遊戲、看浪漫韓劇和喝啤酒看球賽，從未交過女朋友更沒結過婚，朋友說他頗有黑色幽默感。

儘管我交代得明白，一位想要做媒未成的朋友還是單刀直入的問我「你兒子整天宅在家裡是不是有毛病？為什麼不願相親？」心想我自己年輕時都不屑於「父母之命，媒妁之言」，更何況是二十一世紀的美國孩子？

還有的人喜歡做公益，不管看到哪個女孩因無身分即將回國，便立刻想到我家有個單身的美國公民，一個沒老婆，一個沒身分，何不送作堆皆大歡喜？豈知一加一不是永遠等於二。

另有些人更加悲天憫人，見不得任何孤男寡女，認為兒子既已年過三十五還有什麼資格挑三揀四？不管身家背景和高矮胖瘦，只要是個女的就想要亂點鴛鴦譜，弄得我尷尬不已更和兒子開不了口。

他自己的死黨皆已為人夫為人父，任何場合只有他形單影隻，好友們也是急著替他物色女友，奈何看得上眼的女孩早已名花有主，剩下的賢妻良母型又不足以打動他的心。「窕窕淑女，君子好逑」自古已然，我又豈忍苛責他高不成低不就。

眼見著親戚中同輩的大齡孩子紛紛透過配對網站喜結良緣，我們又不識好歹的再次進言，只要他願意一試，不管費用多少我們都願意幫他出，不單獲得了他斬釘截鐵的一個答覆——不，而且從此關閉了此一話題的溝通渠道。

懊惱之餘難免在朋友圈中發發牢騷，不發不知道，一發才知家家有本難唸的經，有人兒子年過四十，還有人兒子年過五十未婚，更有人結了又離了。有女未嫁的人家也不少，女兒個個精明能幹，事業有成，無暇亦無機會談戀愛，但這些男男女女偏偏天各一方且都反對相親，如何能度鵲橋？

看來男大不婚女大不嫁已是時代潮流，無論父母或子女都承受著不同的壓力。想想他既非啃老族亦非不婚主義者，只是有自己的生活方式和想法，我們何不互相體諒尊重，不要給彼此壓力。再看他和姪女們經常瘋玩在一起，便知他對婚姻是有所憧憬的。姻緣天註定，不是不婚，只是時候未到。

（二〇一九年二月二十四日，發表於《世界周刊》No.1823）

疊被鋪床

日前在影片上看到美國前海軍上將威廉・麥克羅文（Admiral William H. McRaven），二〇一四年在德州大學奧斯汀分校畢業典禮上的演講，雖是舊聞但演講內容仍然擲地有聲。簡短的開場白過後他開門見山的勉勵莘莘學子，如果想要改變世界的話首先要從疊被鋪床做起，這時台下爆發出了一片笑聲，我亦不覺莞爾。

好像不管走到哪兒，只要是台灣來的男人們聚在一起，「當兵」永遠是百談不厭的話題，而談得最多的就是成功嶺集訓，尤其是摺「豆腐乾」最為大眾津津樂道。

聽先生說集訓時每天早上起床後只有三十分鐘的時間整理內務，包括換衣穿鞋、刷牙洗臉和疊被鋪床，由於漱洗的地方和床鋪並不在一處，這對剛出校門的少爺兵來說已是困難重重，更何況還要將棉被摺成稜角分明的「豆腐乾」！

傳說有人晚上不敢蓋被睡覺，唯恐次晨起床豆腐乾變成了豆腐腦，不但要挨訓，週日例假還要禁足不得外出會客訪友。

先生說其實摺「豆腐乾」並不難，只要抓住竅門多加練習，自然熟能生巧，如果有班長手中的那塊板往中間一放，簡直就是輕而易舉。不過即使沒有那塊板，他也一樣能摺成「豆腐乾」，經常放榮譽假。奇怪的是結婚幾十年在我家從未見過「豆腐乾」，當然他自有說詞，美國的被單不同於台灣的棉被，沒必要摺成「豆腐乾」，這道理顯而易見哪還用得著問！

那時的軍用棉被我沒見過，家中棉被卻又厚又重，既拉不直也鋪不平，我和二姊常是又拉又扯，捲成一個花捲了事。不過即使是花捲一年也難得見到幾回，因為平日上學趕時間，鑽出棉被就匆匆忙忙的走了，週末假日沒有任何消遣娛樂，唯有在家睡大頭覺，起床早已日上三竿，吃了午餐又該睡午覺了，晚餐過後離就寢時不遠，那一床的豆腐腦就由著它一攤一整天。

《西廂記》裡張生調戲紅娘時曾說「若共你多情小姐同鴛帳，怎捨得叫你疊被鋪床？」《紅樓夢》中的賈寶玉亦曾對林黛玉的丫寰紫娟引用此句，可見在中國人的傳統觀念裡疊被鋪床就是下人的工作，無關乎個人的志向操守，至於軍中為什麼要求摺「豆腐乾」，想來無非是折磨新兵的手段，從未深思過其中哲理。

我自己不愛疊被鋪床，無法以身作則，自然不敢對兒女有所要求。女兒和我一樣是豆腐腦的擁護者，房間裡一片凌亂，兒子的房間倒是井然有序，讓我以為他承襲了先生的豆腐乾精神，多年後才明白他這是以不變應萬變，只要能不動的東西就盡量不動，所以才能經常保持原樣。

美國棉被雖不用摺成豆腐乾，亦不需像母親當年要經常拆洗和上被子，但疊被鋪床亦非易事。床單、被單、毯子、床罩或蓋被是如千層糕般一層層往上疊的，一個人想要將雙人床鋪得平整，摺角整齊美觀是要大費周章的，而這些睡床用品的價格相差懸殊，從來捨不得像老美花大錢隨著季節變換花色打扮睡床，往往只是夏一套冬一套，一混經年。

前年為了賣房子，聽從別人的經驗之談，才不得不動手打扮臥室。油漆粉刷、地毯、窗帘和家具固需搭配得宜，但那張雙人床才是吸睛焦點，其上成套的床單、被套、床罩和枕頭，無論質料、花色、做功及造型具皆千變萬化，有的富麗堂皇，有的高貴典雅，有的浪漫可愛，有的素雅簡潔，如果再能與季節配合，確實能收畫龍點睛之效。

保守起見我買了套中色系仿緞睡床用品，拆封後望著那一床大小枕頭和各種單被發楞，不知該如何下手？對照圖片幾經摸索，慢慢也能擺出個譜兒。為防臨時有人看房子措手不及，只好每天早起疊被鋪床，耐著性子左一層右一層疊出千層糕來，再將五六個大小枕頭層層堆疊，頓時滿室生輝，與平日的邋遢樣大相逕庭，自己也覺得好像完成了一項藝術品般滿足喜悅。

房子賣掉了，再不用擔心有人臨檢，大可不必每天早晨大費周章的疊被鋪床，但不知是捨不得那套昂貴的睡床用品還是自己開竅了，居然將這疊被鋪床的好習慣保持了下來，不過這完全和人生哲理扯不上關係。

直到看完演講影片，這才恍然大悟摺「豆腐乾」並非是為了整人。疊被鋪床是起床後所做的第一件事情，如果你能做好今天的第一件事情，便能激勵你做好第二第三乃至許多件事情。不要以為疊被鋪床只是一件小事，如果你連一件小事都做不好，又如何能做好大事？即使你今天真的一事無成，至少晚上回家你還有一張整潔的床鋪可以睡覺，也是你今天的成就，也因此能激勵你明天會更好。

這不就是福音書上說的：「人在最小的事上忠心，在大事上也忠心，在最小的事上不義，在大事上也不義」嗎？《朱子家訓》亦說：「黎明即起，灑掃庭除，要內外整潔」，雖未點明疊被鋪床卻是內外整潔的一環。可見古今中外說法一致，欲成就大事須從小事做起，不過能摺「豆腐乾」，未必就能成大事，像我家先生即是一例。

感謝谷歌無所不能，終於讓我見識到了「豆腐乾」的盧山真面目。軍用棉被沒有我想像中的厚重，看起來更像軍毯。原來摺「豆腐乾」一如摺長方形的禮物盒子，只是軍毯較硬紙板柔軟，摺疊難度高了許多，而且不能畫線，距離角度須目測正確，才能對折成箱型，那些直角就靠雙手拉直撫平，沒有耐心是做不好的。

可惜我不懂這個道理，以致因循苟且了一輩子，如今退了休，更是一天混過一天，唯一值得告慰的是每天都有一張整潔的床鋪可以睡覺。

（二〇一七年十一月三日，發表於《世界日報》副刊）

魔鬼山遇險

幾年前由密州到加州看房子，房產經紀帶我們看了一棟又老又小還挺貴的房子，她卻強調房子有看點，因為在後院一個小小角落可以瞄到一點魔鬼山（Mt. Diablo）的影子，我們不知魔鬼山是何方神聖，自是不為所動。

次年搬到加州，這才慢慢認識了海拔三千八百四十九呎的魔鬼山。它是魔鬼山脈中的一座突起孤峰，並有許多附屬山峰，位於康郡（Contra Costa County）的中心點，和多個城市相鄰，從舊金山灣區的大部分地區都能看得到它，主峰和相距約一哩的北峰（海拔約三千五百五十七呎）形似雙金字塔，是舊金山灣區的地標，也是加州印第安人的聖山，因為他們相信此山是創造的起點。

這座山是由遠古時代地球板塊運動引起的地質壓縮和隆起所造成的，後來被新形成的聖安德烈亞斯斷層系統推擠、壓縮、折疊、屈曲和侵蝕，最終形成了目前各種地層並列的狀態。它的頂峰區由灰色砂岩、燧石、海洋火山玄武岩（綠岩）和少量頁岩沉積組成。

至於山名的由來眾說紛紜，廣為流傳的一種說法是在一八〇五年有一支來自舊金山的西班牙遠征軍，他們進入該地區與當地印第安人作戰。戰鬥中，山上出現了一個身披醒目羽毛神樣的人物，在神祕的舞蹈中所有印第安人突然消失在一片陰森森的灌木叢中，西班牙人確信他們看到的是暗黑破壞神，並迅速撤退。士兵們將該地區命名為「Monte Diablo」（魔鬼叢林），操英語的後來者誤以為「monte」這個詞的意思是「山」，遂將此山稱為魔鬼山。

包含頂峰在內占地兩萬英畝的魔鬼山州立公園於一九三一年對外開放，公園海拔高度從三百到三千八百四十九呎不等，這懸殊的海拔差異造成溫度、降雨量和風暴的廣泛變化，從而孕育出四百餘種植物和許多野生動物。公園夏天乾旱，冬天頂峰偶有積雪，但以春天野花聞名。

公園有南北兩個入口站，由南邊進入公園只有一條雙線公路，在會合守林站（Junction Ranger Station）分為東北二支線，東達頂峰，北至北門入口站。九拐十八彎的路面不僅狹窄而且沒護欄，不時還要閃避勇敢的單車騎士，常讓我捏一把冷汗，在到達頂峰之前還有一個驚心動魄的髮夾彎。不過沿途層巒疊嶂，林木蒼鬱，不失為一條景觀路。

岩石城（Rock City）是一個被侵蝕的砂岩區域，岩石上多有口袋般的大洞或洞穴，被稱為風洞，其實風洞並非全來自風化，雨水與空氣中的二氧化碳混合形成的弱酸性水亦會溶解岩石中的水泥成分，使其破裂脫落，經長期侵蝕雕琢後形成空洞。這些奇形怪狀的岩石綿延一哩餘，可觀賞可攀爬，是公園的奇特景觀。

頂峰上的遊客中心乃一附有六角形塔樓的石頭建築物，建於一九三〇年代後期，建材是由公園內開採的含化石砂岩。因是開車直達山頂，沒有登泰山而小天下的感覺。然而它是灣區最高的山峰，擁有三百六十度無遮攔的絕佳視野，據說在晴朗的日子，內華達山脈和金門大橋均清晰可見，我個人看不出什麼名堂，但覺天地開闊，心曠神怡。

園內有七十餘條步道，我們只隨意走過幾條，除了在北邊牧場附近看見過加州罌粟花（California Poppy）外，再沒看到任何野花。去年因居家避疫令未能上山，今年三月底打完兩針疫苗後便急著上山賞花。未循往例由南門進北門出，而是由北門進北門出。

海拔超過一千呎後山坡上的加州罌粟花越來越多，還雜有藍白紫各色小花。在會合守林站附近有不少橘黃和紅色的猴面花（Bush Monkeyflower），林蔭下滿是紅色的印第安勇士（Indian Warrior）。標高超過兩千呎的東線上，有不少醒目的黃色西壁花（Western Wallflower），最驚訝的是漫山遍野盡是棉花球似的白色鹿刷花（Buckbrush），遠看似雪滿山頭和平日的單調鬱綠大異其趣。

疫情期間頂峰關閉，行經髮夾彎時看到一條橫切主峰的北峰步道（North Peak Trail），為尋野花不自量力的踏上了這條標高三千多呎的步道，一邊是猙獰黑岩的峭壁，一邊是群峰匯集的深谷，山徑狹窄高低起伏且多沙石，不是很好走，山上谷中的步道在晴空下歷歷在目。

山坡上漫生著叢叢銀尖羽扇豆（Silver Lupine）、窄葉金灌木（Narrow-leaf Goldenbush）和加州罌粟花，外加藍巫婆（Blue Witch, Nightshade）、西壁花和爆米花（Rusty Popcornflower）等，雖不夠茂密倒也是五彩繽紛。發現其中有一兩朵含苞待放的花朵形似野生洋薊，但微綻的花苞閃現的是粉紅色而非紫色，而且整個花苞似有白色細絲纏繞，不禁勾起我的好奇心，打定主意他日定要再來看個究竟。

兩週後的一個晴朗午後，一時心血來潮想要上山賞花。暫停魔鬼谷觀景點時，山上刮起了大風，烏雲四合，像是小時在台夏日暴雨將至的樣子，難免心生疑懼，先生卻說雨季早過不可能下雨，照計畫前往北峰步道。

一下車即感受到風勢強勁不比尋常，乾旱的四月下旬居然要換穿羽絨衣禦寒。好在陽光再度露臉，怒放的窄葉金灌木，將整個山頭照亮得金光燦爛，銀尖羽扇豆已開始結出豆莢，加州罌粟花則別來無恙。讓我惦記不已的那朵野花，盛開如粉紅絨線球，清新可愛，卻有個不可愛的芳名「蜘蛛薊」（Cobwebby Thistle）。

正喜沿途多有蜘蛛薊的身影，誰知天公忽然變臉，風起雲湧，頓覺山在虛無縹緲間，沒過多久雲霧如雨狂落淹沒了整個山谷，除了腳下的幾株窄葉金灌木外，幾乎什麼都看不見。可以想見在月黑風高之夜，樹影重重勢如鬼影幢幢，難怪西班牙士兵會將此山稱為魔鬼山。

在這一哩長的山徑上天公喜怒無常，天色忽明忽暗，風勢忽強忽弱，行至一個大轉彎處，前面山峰忽隱忽現，道旁群花忽黃忽紫，這充滿迷幻的景色吸引我獨自向前，將忙於拍照的先生甩在了後面。

轉過彎去只見步道隱入一片密林之中不知所終，不敢冒然深入，剛一回頭瞧見下面還有一條平行步道，兩旁的窄葉金灌木分外璀璨濃密，偏巧眼前斜坡上有一小徑可以下去，看著不覺陡峭，拄著登山棍一腳跨出，立刻一個踉蹌右臀著地，以為會就此打住，未料身體繼續往下滑，腦中剛閃過「完了」這兩個字，耳邊就響起了先生的驚呼「太太，你沒事吧？」當時我左額撞地卡坐在地上，先生將我拉起戴上摔壞的眼鏡，驚見身旁是一塊不算小的三角錐狀石頭，若是偏差個一兩吋，左邊太陽穴必定撞在這塊尖石上，那後果簡直不堪設想。回程當標高降至兩千呎以下時，天清氣朗，世界美好如故，我則感到好像從鬼門關重返人間。

萬幸除了右膝軟組織拉傷外並無大礙，十天後重回現場，當天風和日麗，遠山近樹看得一清二楚，毫無神祕之感。在我失足之處，步道邊緣鋪有一根枕木，可能是預警其下小徑陡峭且滿是沙石，危險勿近，而我卻視而不見。至於先生在情急之下是如何飛奔而至的，他完全不記得了，只記得當時他嚇壞了，以為我會一路滾落山谷。

回到步道起點這才注意到這兒有一個地圖告示牌，原來步道旁的髮夾彎號稱魔鬼手肘（Devil's Elbow），步道上方的黑岩名叫魔鬼講台（Devil's Pulpit），難道這真是座魔鬼山？

回首人生路，多的是九拐十八彎，若非兩人攜手同行，相互扶持，我恐怕早已摔得粉身碎骨了。其實魔由心生，此番貪看路邊野花，自作聰明的偏行己路，不能亂怪是魔鬼推了我一下，而應感恩是天使拉了我一把，才沒有一失足成千古恨。

（二〇二一年七月二十九日，發表於《世界日報》副刊）

1	
2	4
3	

1.迷幻的北峰步道
2.蜘蛛薊
3.猴面花
4.失足處

語言文學類　PG2676　北美華文作家系列41

歡然奔路：大邱文集

作　　者 / 大　邱
責任編輯 / 石書豪
圖文排版 / 黃莉珊
封面設計 / 蔡瑋筠

發 行 人 / 宋政坤
法律顧問 / 毛國樑　律師
出版發行 / 秀威資訊科技股份有限公司
114台北市內湖區瑞光路76巷65號1樓
電話：+886-2-2796-3638　傳真：+886-2-2796-1377
http://www.showwe.com.tw
劃撥帳號 / 19563868　戶名：秀威資訊科技股份有限公司
讀者服務信箱：service@showwe.com.tw
展售門市 / 國家書店（松江門市）
104台北市中山區松江路209號1樓
電話：+886-2-2518-0207　傳真：+886-2-2518-0778
網路訂購 / 秀威網路書店：https://store.showwe.tw
國家網路書店：https://www.govbooks.com.tw

2022年3月　BOD一版
定價：380元

讀者回函卡

國家圖書館出版品預行編目

歡然奔路：大邱文集 / 大邱作. -- 一版. -- 臺北市 : 秀威資訊科技股份有限公司, 2022.03

面；　公分. -- (語言文學類 ; PG2676) (北美華文作家系列 ; 41)

BOD版

ISBN 978-626-7088-25-8(平裝)

855　　110021685